余 秋 雨 文 学 十 卷

冰　河

作家出版社

余秋雨

中国当代文学家、艺术家、史学家、探险家。

一九四六年八月生，浙江人。早在三十岁之前那个极不正常的年代，针对以"样板戏"为旗号的文化极端主义，勇敢地潜入外文书库建立了《世界戏剧学》的宏大构架。至今三十余年，此书仍是这一领域的权威教材。

二十世纪八十年代中期，因三度全院民意测验皆位列第一，被推举为上海戏剧学院院长，并出任上海市中文专业教授评审组组长，兼艺术专业教授评审组组长。曾任复旦大学美学博士答辩委员会主席、南京大学戏剧博士答辩委员会主席。获"国家级突出贡献专家"、"上海十大高教精英"、"中国最值得尊敬的文化人物"等荣誉称号。

在担任高校领导职务六年之后，连续二十三次的辞职终于成功，开始孤身一人寻访中华文明被埋没的重要遗址。所写作品，往往一发表就轰传社会各界，既激发了对"集体文化身份"的确认，又开创了"文化大散文"的一代文体。

二十世纪末，冒着生命危险贴地穿越数万公里考察了巴比伦文明、克里特文明、希伯来文明、阿拉伯文明、印度文明、波斯文明等一系列重要的文化遗址。他是迄今全球唯一完成此举的人文学者，一路上对当代世界文明作出了全新思考和紧迫提醒，在海内外引起广泛关注。

他所写的大量书籍，长期位居全球华文书排行榜前列。在台湾，他囊括了白金作家奖、桂冠文学家奖、读书人最佳书奖等多个文学大奖。在大陆，多年来有不少报刊频频向全国不同年龄的读者调查"谁是你最喜爱的当代写作人"，他每一次都名列前茅。二〇一八年他在网上开播中国文化史博士课程，尽管内容浩大深厚，收听人次却超过了八千万。

几十年来，他自外于一切社会团体和各种会议，不理会传媒间的种种谣言讹诈，集中全部精力，以独立知识分子的身份完成了"空间意义上的中国"、"时间意义上的中国"、"人格意义上的中国"、"审美意义上的中国"等重大专题的研究，相关著作多达五十余部。联合国教科文组织、北京大学等机构一再为他颁奖，表彰他"把深入研究、亲临考察、有效传播三方面合于一体"，是"文采、学问、哲思、演讲皆臻高位的当代巨匠"。

自二十一世纪初开始，赴美国国会图书馆、联合国总部、哈佛大学、耶鲁大学、哥伦比亚大学等处演讲中国文化，反响巨大。二〇〇八年，上海市教育委员会颁授成立"余秋雨大师工作室"；二〇一二年，中国艺术研究院设立"秋雨书院"。

二〇一五年，国际著名的"远见天下文化事业群"到上海单独颁授奖匾，铭文为"余秋雨——华文世界最有影响力的一支笔"。

近年来，历任澳门科技大学人文艺术学院院长、香港凤凰卫视首席文化顾问、上海图书馆理事长。

（陈羽）

目录

自 序

我在文学创作上，被读者熟悉的是散文，被观众熟悉的是戏剧。

我的读者和我的观众交叉很少，因此需要向读者作一点说明。我先后为妻子马兰创作过几个剧本，每次演出都很成功，在境内外创造过很多项最高票房纪录。

记得在二○○○年台湾"大选"期间，台北"国家剧院"外的广场天天有几十万人参加"选举造势"，大陆、台湾没有一个剧团敢于在这样的时间和地点演出，因为每一个观众都要披荆斩棘地穿过密密麻麻的人群才能到达剧场大门，太不方便了。但是，奇迹般地，居然有人坚持在那里演出，那就是马兰，也只有马兰。她在那期间不断地轮流演出我写的两部戏，居然场场爆满。

在那些难忘的夜晚，我一次次在剧场的门厅里长时间站立，一边看着场内座无虚席，一边看着场外人潮汹涌，充分感受到一个戏剧创作者的满足。这种满足，即使把我那么多出了名的散文书加在一起，也比不上。

我的创作坚持一种自己确认的美学方式，那就是：为生命哲学披上通俗情节的外衣；为颠覆历史设计貌似历史的游戏。

我所心仪的瑞士已故作家迪伦马特（Friedrich Dürrenmatt）创建过一种"非历史的历史剧"，我在他的模式上再加一个：非通俗的通俗剧。

这是用艺术的手段，实行对哲学和历史的"解构"。但到最后，艺术也就完成了自己，而不再仅仅是手段。

很早就有几位资深的评论家指出，我似乎对中国古代那种险峻的"边缘视角"很感兴趣，例如《白蛇传》中人与非人的边缘视角，《女驸马》中女性和男性的边缘视角，《红楼梦》中天真和彻悟的边缘视角，等等。他们的判断是对的。在我看来，边缘视角也是一种互仰、互妒、互持、互生的视角，在写作中具有无可置疑的深度。我为中国文化所具有的这种潜在素质而深感安慰。

应该是从《秋千架》开始，我的这种追求就聚焦于性别边缘的视角上了，一连写了好几部顺向延伸的剧本。因为这个视角比其他几个视角更温和、更普遍，因此也可以更现代。

这部《冰河》（从小说到剧本），正是几度延伸的归结性成果。几度探索，马兰都亲自主演。书后所附剧照中的女主角，都是她。最近一稿，由她的学生们演出，她任总督导。

小说，是一切剧本的文学基础。即使不写出来，也应该存在，而且像灵魂一般地存在。环视四周，我发现很多朋友和学生的剧本写作往往只以场面效果、表演幅度、语言节奏为出发点，结果，虽有大量的片断精彩，却失去了故事的整体张力。为此，我一向重视故事的"单独讲述"和"事先讲述"，认为这对于克服目前我国在戏剧、电影、电视创作领域的共同弊端具有重要意义。我在这本书中把故事列于剧本之前,并把故事写得比剧本细致很多,放松很多,就是要体现这方面的倡导意图。这是一个写作教师的职业习惯,主要是面对学生。

出现在小说之后的剧本,展现了自己高出于文学基础的独立风范。读者从这个剧本中可以发现,某些在小说创作中颇为麻烦的魔幻手法如"天人对话",放到剧场空间中就得心应手了。相反,小说中十分重要的宗教精神、终极思考,在演出中就很难充分呈现。我把两个本子放在一起,而且故意在剧本中保留了诸多舞台指示,可以让学生更清楚地理解戏剧的特性。

出版这部《冰河》,也有一点隐约的"私心",那就是对我本人略"洗冤"。社会上有一种传言,说我让马兰离开了舞台。理由呢?据说因为我是"教授",不希望妻子上舞台。这种传言忘记了一个最基本的支点,我这个"教授"虽然覆盖面颇广,但起点性的专业身份,却是"戏剧教授",而且,是《世界戏剧学》《中国戏剧史》的作者。我太知道马兰当时在中国戏曲表演领域已经达到了什么高度,在东方剧场艺术的革新中又处于什么地位,因此不断亲自为她写剧本。既然如此,我怎么会让她离开舞台呢?

知道内情的人都明白,她离开是被动的,直接原因是婉拒参加一次"重要的联欢会"。马兰的理由很单纯:"我只会表演,不会联欢。"九次电话催促,都是同样回答,那就理所当然地被冷冻。她三十八岁时被迫离开,等于彻底失业,因为外省没有那种剧团。

九次电话,我都在旁边。我赞赏她的坚持,又心疼她的失业。但我却完全无能为力，因为当时自己也已基本失业。我辞职后本想一心写作，却受到上海一股文化孽力的诽谤，而当时全国的多数媒体都在渴求诽谤。于是，我们这对失业的夫妻逃来逃去，都逃不掉压顶的戾气。我在《借我一生》的后半部，描述过这种处境。

因此，这部作品，也可以看成我们夫妻俩在绝境中的悲剧性坚持。

但是，故事还是美好的，甚至故事里边没有一个坏人、恶人。由此可见，我们的创作并非是对自己处境的直接回答。

真正的艺术，永远不是自卫的剑戟。

台湾版序

一

台湾读者对我比较熟悉的，是远行考察、文化反思、美学研究，却不大了解我的小说创作。因此，在《冰河》前面，我要作一点说明。

大家从封面上已经看到，我把这部作品定义为"古典象征主义小说"。这个概念，反映了我独自的一种艺术追求。

这事说来话长，不妨先从作品说起。

初一看，这是一部通俗的历史小说。但看下去却会慢慢发现，"通俗"只是外像，"历史"也只是外像。"通俗"外像下所蕴藏的，是一个象征结构；"历史"外像下所蕴藏的，是一种生命通感。

照理，一旦触碰象征结构和生命通感，就要突破现实的平庸逻辑，进入非理性的生命直觉，因此作品也会由艰涩、怪异走向宏大、抽象。你看，十九世纪小说所注重的现实主义真实性和浪漫主义主体性，到了二十世纪，就被现代主义的隐喻所取代，组成了一个个"象征的森林"。这是文学艺术在现代的一次大飞跃，但问题很快就来了。这些"象征的森林"太难行走，太多岔道，进入里边，既容易迷路，又容易晕厥。到了二十世纪四十年代，不少现代文论家开始注意"读者接受"的问题。其中有人认为读者也在参与创造，有人认为读者会破坏文本。因此，现代主义潮流也就由热闹走向寂寞、分化、式微。

我本人，很不喜欢传统的现实主义和浪漫主义，却非常欣赏通过大大小小的象征来探寻世界的悖论、生命的隐秘；但是，我又不喜欢让这种探寻走向人迹稀少的晦郁荒路。因此，我选择了从莎士比亚到海明威都运用过的"双层结构"，使象征更符合象征的本义。

我在美学专著《艺术创造学》"引论"《杰作之秘》中，用不小的篇幅阐述了自己的这种艺术追求。《冰河》和其他几篇小说如《空岛》《信客》等，都是这种追求的体现。

我要求故事好看，情节生动，人物突出，性格鲜明，这一切都会对普通读者构成吸引力，让他们觉得这是自己习惯接受的作品；但是，我又要求第二层结构的明确呈现，而不是让读者陷落在好看的故事里拔不出来。我要让所有的读者明白，故事只是"此岸"，对面有一个意义的"彼岸"。那种意义，深刻、宏大，直逼世界的悖论、生命的隐秘。就像莎士比亚的那些作品，一个个艳丽动人的故事背后，都有着一道道通向哲理峰峦的山路，让观众和读者举头仰望，低头深思；也像海明威的《老人与海》，那么真实具体的与大海和大鱼搏斗的外在情节，却让所有人感受到别有深意。海明威曾经不无狡黠地否认这是象征主义，却又不否认故事背后的宏伟蕴藏，因此被我称为"另类象征"，即"实体象征"。

我发现，世界上不少真正的大艺术家都在作近似的努力，即让美丽的外层和深刻的内层并列存在，由象征来搭建桥梁。不管是美丽的外层还是深刻的内层，都保持着古典的雅致和完整，因此我把它称之为"古典象征主义"。

二

一切象征都有寓言的成分。但是很多象征的寓言往往呈现为噩梦状态，例如从卡夫卡到荒诞派都是如此。噩梦式的寓言，是现代派象征的主流，对此我也作出了重大改变，让噩梦变成童话，可称之为"童话式寓言"。

删去噩梦中的狞厉、恐怖、绝望，留下童话中的纯洁、天真、向往。其实，这也是古典美学所珍惜的人文温馨。在经历了二十世纪喷涌的现代主义潮流之后，这种童话式寓言，反而成了"叛逆之叛逆"、"否定之否定"，别有一种新的挑战精神。

给满脸的恐惧一个笑容，给无尽的灾祸一次逗乐，给无望的挣扎一缕温暖，给彻底的灭绝一份安慰，给慌乱的现代一个古典，这，为什么不能成为文学的一种试探？

《冰河》中的女主角和她的男友，再加上那位公主，都是童话般的人物。他们童真未泯，青春勃发，正义充溢，敢作敢为，为人们回忆起一种古典的美好。在茫茫人世间，他们这样的人物可能不常见到，却肯定存在着。既然他们是人们乐观的理由，留恋的支点，因此千万不能让他们太寂寞、太孤单、太无助。写这样的人，读这样的人，演这样的人，看这样的人，欣赏这样的人，关注这样的人，就是对他们的帮助，也是对人类良知的加持。

斯特林堡（J.A.Strindberg）说，好作品是成人的童话。因此，他不主张在作品中频频使用暗杀和毒药，使童话的世界一次次破碎和变质。那么，成人为什么要有童话？莱因哈特（Max Reinhardt）回答道，为了唤醒复生的奇妙。复生，是因为过去死得太窝囊、太残酷了，必须殷切地寻找生命的另一道霞光。复生后的生命，一定是儿童，因此又必然张罗出一个个童话境界。用象征通向这一境界，是人类在审美领域的自我拯救之道。

《冰河》中三个孩童般的年轻人，摇撼着整个文化价值系统，摇撼着文人梦想，摇撼着血缘亲情，最后，摇撼到了整个庞大的皇廷。谁能想到呢，最后连被他们摇撼的一切也深受感染，这就让童话延伸了。我们没有权利刻意阻断童话，因为这是当代人类的迫切需要。

三

这部小说的部分情节，我曾写成戏剧由我的妻子马兰主演，结果十分轰动，一票难求。参与创作的大导演关锦鹏先生、作曲家鲍比达先生认为，这个故事里有一些基本成分一直震动着他们。例如，一个为了寻找父亲而偷偷搭船的女孩子，在突然冰封的江面上发现了一个以双手凿通大江救了很多人而自己致残的男孩子，她见义勇为施以援手却陷入了宫廷困境。然而，她遇到了大祸却不避，找到了父亲却不认，踏上了高阶却不留，走向了一种远离公众视听的自由人生……

好了，不多说了，还是让读者快一点进入小说文本吧。

丙申年初春时节

冰 河

（小说）

一

故事的起点，是两位老太太。

一位是戚太太，一位是胡太太，都因为辅佐丈夫抗击海盗有功，被先皇颁封为"诰命夫人"。现在，两位丈夫早已不在人世，她们在享用最后一抹华丽的夕照。

回顾平生，她们能滔滔不绝地讲出一大堆军旅宫阙间的故事，深感荣耀。只有一件事不痛快，那就是没有机会显示她们的文化家学渊源，文品才华。

"凭什么科举考试只考男子？如果允许女子参试，你我会是什么模样！"这是她们晚年最常发的抱怨。

有一次，胡老太拿到了近几届状元试卷的抄本，看完哈哈大笑，说："这是九州上下第一名？连天地也要嘲笑华夏无人！"

笑完，她坐轿换船，又去找戚老太了。两人几经商议，决定举办一次"淑女乡试"，范围就在她们所在的两府所属境内。

这次"淑女乡试"，经过三轮筛选，终于让一个叫孟河的女孩子脱颖而出。

整个活动好评如潮，两位老太一时成了"女德懿容之最佳护法"。有了这个结果，胡老太又有了新主意。她先让手下的女侍去看看孟河长相如何，得到的回答是非常出色。于是，她决定要在闹市区搭台展示"懿容"，为淑女再争风光。

　　戚老太魄力更大，她通知胡老太，把两人年轻时最喜爱却又不敢穿的服装裙袍各选十套，让孟河一次次穿上现身。

　　"淑女乡试"本来就已经牵动远近，再加上这次丽服展示的预告，可以想象，那天的盛况会是多么惊人。但是，典仪的主角只有一人，那就是孟河。

　　两位老太很满意看到了年轻时的自己。其实她们不管在人世的哪个阶段都与孟河的容颜沾不上边，但是很多老年女人总习惯于把自己早年的相貌一年比一年夸张。今天她们只觉得台下的一声声欢呼都与自己有关，因此还不时地露出苍老的羞涩。

　　台下民众其实完全没有注意两位老太，大家都看着台上。很多妻子都在防范着丈夫灼热的目光，而自己的目光却比丈夫更加灼热。

　　据一位算命先生说，从那天起，两府境内大批的公子、才子、浪荡子，全都成了傻子，也就是经常把孟河挂在嘴边的傻子。

　　她究竟是谁？家在哪里？有无婚配？……这一连串的问题，连最有修养的男子都在琢磨。

　　两府境内，本有媒婆三百五十多人。几个月下来，她们家的门槛快要被踩平了。但是，几乎所有的媒婆都找不到孟河。

　　只有一个姓郝的媒婆，在多方打听之后，从一个卖柴老汉的粗粗描述中听出了一些端倪。她顺着那个老汉的指点，经过两个月的蹲守，确认了那扇小院的门。

孟河和母亲，住在河边的一个小山村里。

父亲在孟河出生那年坐船到京城参加科举考试，但一去整整二十年，再也没有回来。就在一个多月前，母亲突患重病离世，现在孟河完全是单身一人过日子了。

孟河的母亲去世，郝媒婆是知道的，她还帮助料理了后事。但她知道，治丧期间绝对不能做媒。按照当地风俗，丧期以"七"为计算单位，到了七个"七"，也就是四十九天，丧期就满了。所以，第五十天的那个晚上，郝媒婆来敲孟河的门。

事情实在是很急了，她带来了一群新的追求者。四十九天丧期囤积下了一大批，而这群人更特殊，明天就要搭船到京城赶考。

那个时代的中国男子，最高的人生理想是两项："洞房花烛夜，金榜题名时。"也就是娶到一个好妻子，考上一个好位子。这两件事，最好都在年轻时一起办妥，两全其美。因此，他们都想在上船前见见孟河。先让孟河选，再让朝廷选。

今天晚上，他们已经把明天出发的行李打好了，跟着郝媒婆来到了孟河住的山村。

郝媒婆是这一带唯一的"社会活动家"，与上上下下、前后左右、各家各户都搭得上话。她年龄并不大，才三十多岁，但为了展现老成干练，却在头上包着两片黑布束，走路时胖胖的身躯喜欢扭动，说话时沙沙的嗓音显得诚恳。

今天她从央求她说媒的考生中，挑了六个，来见孟河。

她做媒婆也有年头了，但从来没见过那么多年轻男子，站在自己面前任自己挑选。细细比较的时候，自己还有点脸红心跳。

孟河家是一个柴门竹篱的小院子，柴门前有一座架在山涧上的小桥，小桥那头是一个凉亭。这夜月色明亮，柴门、小桥、凉亭都看得一清二楚。

郝媒婆领着考生们来到凉亭，看着小桥对面的柴门一笑，便做手势让六位考生躲在凉亭后面的树丛中，自己就跨着大步过了小桥。

她在柴门上轻轻地敲，边敲边叫孟河。里边完全没有回应，她又从竹篱笆的缝隙往里看，再呼叫拍打，还是没有回应。

她回身看了看凉亭边，又转脸对着篱笆说："孟河小姐，你不点灯，但我知道你在里边。我做媒半辈子，从来没有遇到过这么多赶不走的男子，也从来没有遇到过这么一扇敲不开的小门。昨天已经是'七七'，丧期满了，可以开门找个人成家了。要不然，一个人住在这山上，还不闷死！你难道还能像你母亲，丈夫失踪二十年，一直单身一人？"

院子里还是没有动静。

过了片刻，郝媒婆想到了一个办法，笑着说："一个女子面对这么多男子，也为难你了。这样吧，既然你不好意思出面，就躲在门缝里看。我让六个考生在凉亭上排着个儿亮一亮，你如果看中，悄悄告诉我一个号码就可以了。今天月光好，看得见。"

二

郝媒婆说完，快步穿过小桥来到凉亭，向树丛后的考生嘀咕了一会儿，又回身站到了小桥中央，大声喊："一号！"

一个考生傻傻地站在了凉亭上，故意挺身，转半圈，停住。郝媒婆对着孟河的院子轻声叹一句："你看这个，小身板笔直！"

说完，她挥手让那个考生退下，又喊了一声："二号！"

二号考生受了郝媒婆"小身板笔直"的暗示，扬起胳膊作力士表演。媒婆赞了句"看他胳膊"，就挥手让他退下。

第三个考生刚走进凉亭，媒婆就大声说："这个人的眼睛你看不到，水汪汪，能勾魂！"她自己好像被勾到过，说了又想掩饰，就挥手叫了第四号。

四号考生明白在这样的场合除了拳脚之外不能展现别的，就胡乱舞弄了几下，下去了。

第五个考生想换个样子，故意躬身虚步走进凉亭。媒婆随即说："这是真正的君子，见到任何人都弓着身子，走路就怕踩到蚂蚁！"

第六个考生受到上一位的暗示，便进一步装出学者状，双手背后，抬头看月，似有吟哦。媒婆一笑说："这一个呀，一肚子都是书，吃下饭去也变成书！"

几个考生既然已经亮过相，也不必再躲到树丛中去了，都挤到了凉亭，坐在栏杆上，或靠着柱子站着。

媒婆扬着下巴又对孟河的院子喊道："一共六个，各有千秋……"突然她发现有异，用手指数了数，惊讶地说："咦，我怎么带来七个？真是老糊涂了。那就……七号上场！"

一个男子从人堆中走出，笑了一声。刚才那六个考生不由自主地退在后面。

这个男子背着一个醒目的大斗笠，一身行者打扮。他说："我不是七号，有名有姓，叫金河，金子的金，河流的河。是个路人，已经站立很久，看热闹。"

金河说着侧过脸去，凭着月光对背后的六个考生一一细看，然后又是一笑，问："就这样求婚？"

六个考生没有回答。

"都是明天上船赶考的吧？"金河问。

六个考生点头。

"我也是去赶考的。不过，你们如此求婚，是不是……"他在斟字酌句，但还是说出来了，"太不斯文？"

说完他又仰起头，对着小桥对面的院子说："那里边想必有位小姐吧？我也想送几个字：'门缝看人，有失厚道！'"

六个考生刚刚在凉亭上挨个儿亮相的时候已经觉得不自在，现在经金河一说，深感羞愧，随即低头离开了。

郝媒婆并没有听懂金河的话，只是从头到脚打量这位并不是由自己选来的小伙子，觉得比那六个更结实、精壮，不禁赞许地点头。然后又来到孟河门前说："你看，自己还挤进来一个，算七号吧。明天晚上我来听回音，你看上了几号。如果一个也看不上，我再带过来一批！"

　　说完，媒婆扭动着身子慢步走过小桥，穿过凉亭回家去了。从步态看得出，今天晚上她很开心。

三

郝媒婆说得不错，孟河就在屋子里边。

山村荒野，她不可能离家外出。妈妈去世后，家里只有她一个人，到晚上连灯也不点了。无边的黑夜中，哪怕是一星最微弱的灯，也会引起注意——人的注意，鸟兽的注意。她，不想引起任何注意。

妈妈在的时候，点灯也不多。妈妈教她读书写字，都在白天。天一黑，就睡了。有时半夜醒来，发现妈妈独自点了灯，拉着窗帘，在画画。妈妈看她醒了，会画一些花鸟给她看。但她早就发现，被那幅花鸟盖着的，一定是一个男人的画像。

长到十三岁时才猜想，这个男人可能是自己的爸爸。到了十六岁就肯定了，不会是别人，一定是爸爸。

爸爸，一个自己完全不认识的男人，隐约听妈妈说，在自己出生不到半年就坐船到京城考科举了，再也没有回来。妈妈年年在画，月月在画，却又不想让女儿看到。

现在妈妈走了，再也不会有半夜的灯。孟河只是借着窗外的月光坐一会儿，听着风声鸟声想点事，总是很快就睡了。

但今天却被郝媒婆闹坏了。她知道他们在小桥对面的凉亭里折腾，却没有在门缝里看，只是听着郝媒婆的一次次"报幕"。最后出现的那个过路考生说的话，却听得很入耳。"如此求婚，太不斯文"，说得好；"门缝看人，有失厚道"，却冤枉了。说这话的考生自报名字叫金河，倒是有一字与自己相同。

门缝看人？我才懒得看呢。

她刚想笑却又愣住了。二十年前，爸爸可能也是这样的考生？

爸爸应该也是从这儿江边的码头上船的，明天他们走同样一条路。爸爸应该比他们棒吧？谁知道呢。

爸爸总不会站在凉亭上胡乱显摆吧？但他又怎么结识妈妈的？

妈妈可是书香门第的大才女，一直静静地住在这么一个山村小院里，还不是为了他？那他，究竟是谁，有这么大的魔法？

所有这些问题中最大的一个问题是，他后来到底怎么了？考上了没有？为什么没有一点消息？难道，早已不在人世？

一直想找一个时间，好好地问问妈妈。但每一次说到爸爸，妈妈脸色就变，不敢问下去了。后来渐渐明白，妈妈也不知道。

爸爸不知去向，妈妈不作回答，那么，我是谁？

妈妈在世时，我还可以说，我是妈妈的女儿。现在妈妈不在了，问题就变得更刺心：我是谁？

我有一种感觉，爸爸一定还活在世上。那我就要找到他，把一切问明白，再用自己的眼睛看一看，他值得妈妈想二十年、画二十年吗？这样，我也可以反过来更了解妈妈了。

我要告诉他，妈妈这二十年是怎么过的，然后看他的反应。这样我也就可以判断，他，适合做我的爸爸吗？我，愿意叫他一声爸爸吗？

因此，从妈妈去世的那天开始，五十天了，天天都在想，我必须出门去找他。

如果找到，也就找到了一大堆答案。关于他，关于妈妈，关于我。

如果找不到，也就放弃了一大堆答案。然后看看人间，松松筋骨，为自己回答一点新的问题。

不管怎么说，总比窝在小屋子里强，总比顺着郝媒婆找个男人结婚强。

路上不会太平，何况单身女子。那就女扮男装，家里正好还有两套父亲留下的男装。装扮成什么身份？最方便是按照衣服的样式，扮成一个小文人，搭上考生的船到京城。

这事她已经想了好一阵子了，前些日子决心已定，明天出发，搭考生们的船。

……

想定的事情就不再多想，孟河睡着了。

四

　　像往常一样，孟河被鸟声叫醒。鸟声很多很密，却总是有一只鸟，一直没叫，一叫却特别响亮，只得为它而醒。

　　睁眼全是阳光，赶紧起身到窗口，满坡的树叶在早晨的阳光下全成了半透明的琥珀、玛瑙。树叶空隙间可以看到那座小桥，再过去，就是昨夜的凉亭了。

　　阳光从东边的山峰那里照过来，眯着眼睛看过去，那山峰就像一位端坐着的老奶奶。现在被阳光衬托着，霞色灿烂，分明是一个神座。这是妈妈所信奉的"山神地母"。过去每当节气之日，妈妈总会在小院子里摆一个香案，向着神座礼拜三巡。平日有什么难事，也会临时祈祷，念几句咒语，然后与"山神地母"进行一番对话。

　　那几句咒语，孟河已经从妈妈那儿学会，今天，她也要对话了。先双手合十，闭目躬身，念完咒语，静默片刻，然后说："山神地母，今天我有两个求告。第一，为了寻父，请准许我锁门远行；第二，为了远行，请准许我扮成男人。"

　　求告方罢，拜了三拜，孟河立即觉得有一股温暖气息贯穿全身，而且鸟雀之声盈耳，花草之香扑鼻。孟河知道，被准许了。

她进了屋，先把父亲留下的男装换上。二十年前的旧衣服，由于母亲年年晾挂打理，穿着还很舒齐。毕竟是第一次穿，前后看看，用手捋捋，颜色老了，但还很滑。孟河想，这衣服可不一般，这是一个男子折叠给时间的一袭丝绸秘语，这是一个女子捧读了多少个夜晚仍然未厌的无字卷帙，这下好，让我穿上了。这就是子女，二话不说，先把父母亲一辈子的难言之隐全然抖掉，变成了窈窕和潇洒。

今天我不能窈窕，只能潇洒。前些日子已经在妈妈画爸爸的画像中挑出最有代表性的一叠，卷成一个布卷，现在试着挎在肩上。但一上肩，就知道接下来的事情是剪头发。

美丽的妈妈从来不照镜子。一面考究的铜镜早就绿锈斑斑。有几次门外有磨镜师傅喊叫着走过，孟河好奇地说磨一磨吧，看看照出来什么样，但妈妈总是不让磨。要剪头发应该有镜子，这事孟河已经想过，镜子，就是石阶下的小河。

拿起一把剪子出门，沿着门边的石阶往下走，很快就到了小河边。早晨的天光水色最干净，一照，居然那么清晰、滋润、光彩。把长发全然放下，水里的影像随着微波摇曳起来。

以前也在这里看过自己在水中的倒影，今天却第一次看到垂发后的自己。舍不得下剪子了，孟河看着水里的倒影捧着头发东撩西披。

这头发，从小到大都是妈妈梳洗修剪的，太多太多的早晨和傍晚，都与这头发牵着缠着。今天，为了远行，必须下剪子了，没有退路。

像很多女孩子一样，孟河一剪下去，满眼是泪。

她站起身来，已经是男孩子的发式和衣服。试着用男人的嗓门发音，听起来还不错。这又使她产生了信心，迈了几下男子的脚步。顺脚上了石阶，进门，拿行李。

刚才剪下的长发，打一个结，放在妈妈的画案上。

五

孟河剪发的地方，其实只是一条比较宽的山溪，行不了船。山溪穿过一个小山包汇入大河，那里才是大码头。众多考生就是要从那里上船，去京城。孟河此刻正背着行李和画卷，走向那个小山包。

她还在学男人走路。这不太容易，因为不是一个姿势，还要打弯、跳沟、上坡、下坡，都得是男人的动作。即使没有旁人看到，也不能回到女人。她偷偷地前后张望，好像确实没什么人，考生们都提前赶到码头去了。她发现，只有在前面几十丈远的地方，恍惚有一个青年男子的身影。这身影，很快就转入高处的山岩，看不见了。

这个青年男子，我们能够看到。他背着一顶大大的斗笠，穿着深褐色的麻质衣裤。就是他，昨天晚上在凉亭上最后"搅局"的那个考生，叫金河。

金河拐过山岩后踏上了山包的制高点，可以清楚地看到前面码头的景象。那里，人多船多，非常热闹。他站住了，笑眯

16

眯地看了一会儿。然后拍掸了一下衣服，准备再迈步。

正在这时，一个声音把他吓了一跳。

声音是从身边岩石间发出来的，低沉，浑厚，不像是人间之声，却很清晰：

"上船有篷，为何还戴斗笠？"

金河循着声音慌忙细看，发现靠着岩石，坐着一个与岩石几乎一样的老者。老者的棕色袍衫，与岩石的颜色一模一样，白须白发，就像凝了秋霜的雾凇。听到岩石和雾凇讲话，金河不禁后退一步，立即又上前一步，像一个刚发蒙的孩童般笑了。

他一听便知，老者刚才的问句，已经有点"对对子"的架势，也就是问答之间要用相同的句式、相反的词义来应对。例如，以"下"对"上"，以"无"对"有"。这在初次见面时，也算是一种文化等级的互相试探。金河略一沉吟，有了。刚才老人问的是"上船有篷，为何还戴斗笠"……

他快速回答上了："下雨无算，岂可依赖船楫！"

老者立即又问："跋山涉水，为何不带书籍？"

金河又回答道："咬文嚼字，怎如阅读大地！"

"不错！"老者点头，他说，"应对得又快又妙。一眼就可以看出，你是第一次参加科举考试。"

"您怎么知道？"金河好奇地问。

老者一笑，说："从打扮，从眼神。"

金河说："您太厉害了，确实是第一次。请问老丈，您是？……"

老者说："你也叫我老丈？别人也这么叫。我已经考过十七次，这是最后一次，再过三年就走不动了。"

金河睁大了眼睛，重复了一遍："十七次？"

老丈点头。

金河摇头了，说："唉，从我的年纪，到您的年纪，一辈子都在考，也干不了别的什么了，这算怎么回事？"

老丈用喉底一笑，说："不考，你我能干什么？人生就是无聊，把无聊变成梯子，大家一级级爬。"

金河说："老丈，天地对您确实不公，但您，也不能太消极了。"

老丈说："咳，以后你就知道了。"说完就闭目养神，不再言语。

金河欲言又止，只能离开，向码头走去。

六

金河离开不久，孟河走到了这里。

与金河一样，孟河被一种突然响起的声音吓着了。

与金河一样，乍看全是岩石，细看才发现老丈。

这次老丈的声音很简单："小姐，回家吧！"

孟河在慌乱中看清老丈后，又立即在心中产生了另一种慌乱：怎么，他看出我是女的？

于是虚虚地反问："您说什么？"

老丈说："你在模仿男人走路，但没有一个真男人会那么夸张……"

这下孟河更慌乱了，连忙辩解："大爷，我一点儿也不夸张啊，您看！"说着又以男人的姿态走了几步。但才几步就笑弯了腰，因为自己知道，刚才的辩解等于是坦白了。

孟河直起腰来，还是满脸笑容，问："大爷，您怎么这样聪明？"

老丈来劲了，接着说："我还知道你想要挤他们考生的船，但不是去赶考的。赶考不会带这么一卷画，而且你也不能考，因为你不是男的。"

孟河也来劲了，更走近一步，问："那您猜我去做什么？"

老丈捋着胡子，又上下打量了孟河一遍，一笑，说："一个女孩子独自改换装扮远行千里，只有一种可能，找亲人。"

孟河吃惊了，后退一步，问："找什么亲人？"

老丈说："历来有女子千里寻夫，但你那么年轻又那么快乐，只能是找父亲。"

孟河上前拉住了老丈的衣袖："请再说下去！"

老丈更得意了，继续分析下去："我敢肯定，你父亲是上京赶考，多年未归。你背上的画像，多半是你父亲的，好辨认。"

孟河愣住了，放下老丈的衣袖，叹一声："我，难道真是遇见了仙人不成？"

老丈说："我不是仙人，而是老人，大家都叫我老丈。一老，就见多识广。你看眼前这条长河，还算通畅吧，一个男人离家在外，不管是凶是吉，都不难传个音讯。如果一直没有音讯，大抵已经改名换姓。"

孟河大吃一惊。她曾经千百次地暗自设想过爸爸的各种可能，却从来没有想到过他改名换姓。

"为什么要改名换姓？"她急切地问老丈。

老丈有点后悔。刚才太沉浸于一种推理的快感，忘了推理的结果会伤着眼前的人，一个这么单纯的女孩子。

他想收回这个推理，至少把结论说得委婉一点。但转念一想，事实的真相不会委婉，要不了多久就会横亘在这个女孩子面前。于是，决定继续推理下去，让女孩子有一个准备。

老丈两眼直盯着孟河，缓慢地说："乡间文人考中了科举，如果名次很高，就要留在京城做官。在京城做官没有背景怎么行？最简单的方式是隐瞒自己在家乡已有婚姻，成了某个大官的女婿。"

孟河问："不是允许男人有几个妻子吗，为什么要隐瞒？"

老丈一笑，说："这你就不懂了。可以有几个妻子，但也有大小之分。如果承认家乡已有妻子，那么，新娶的高官女儿就成了小老婆，那怎么会答应？因此只能隐瞒。怕家乡的妻子儿女来找，就改掉了原来的姓名。"

孟河一听就明白了，怔怔地看着老丈，说："这么一来，原来从家乡出发的那个丈夫，那个父亲，就在人间消失了？"

老丈点头："对，人间消失。"

孟河追加一句："京城却多了一个年轻高官、乘龙快婿？"

老丈又点头："对，是这样。乡间妇女怎么可能远行千里去大海捞针？何况，官场的海，是天上的海，进得去吗？"

孟河沉默了，抬头看天，又看远处。

她不禁自言自语："京城高官？改名换姓？难道，我已经没有父亲？这事，我妈妈难道没有猜出来？……妈妈那么聪明，很可能已经猜出来了，那么，她一年年卷在这些画像里的，究竟是爱，还是恨？……"

她从肩上把背着的画轴取下来，捧在手上，觉得这卷画像更怪异、更沉重了。她双手握着它从身前伸向前面，看着它，掂着它，摇头，就像要把它碎之弃之，任山间长风把残屑卷走。但很快，她把它抱在胸前，贴在脸上。刚贴，又像被烫着一般移开。她叹一口气，重新把画轴背上肩头。

像很多年轻人一样，在一个意想不到的瞬间，在一个意想不到的路口，突然感受到自己肩头无法卸除的宿命。从这一刻，一步长大。

像要最后自救似的，孟河转身问老丈："大爷，会不会您判断失误，我父亲是个好人？"

但转身一看，老丈已经不见了。

其实此刻在孟河眼前，谁都不见了，包括以前还有点影影绰绰的父亲。

但她还想去找一找。不再是为自己找父亲了，而是找寻一个负心男子看到妻子画了二十年画像时的表情。

这表情与妈妈有关。

因此，孟河还要上船。

七

从山口走向码头，孟河的步子跨得很大。

她耳边一直响着老丈的那句话："你看眼前这条长河，还算通畅吧，一个男人离家在外，不管是凶是吉，都不难传个音讯。如果一直没有音讯，大抵已经改名换姓。"

她内心知道，这种说法无可辩驳。于是，满脑子都是对妈妈执笔画像时的回忆。一次次铺纸，一次次磨墨，一次次蘸笔……每次画像，妈妈都不说一句话，问了也不说。眼神很定，又很飘。

边走边想，她已经到了码头。

一看眼前景象，她停步了。

知道会很热闹，但还是没想到会热闹成这样。

这个码头，会聚着远近几个省的考生。一些遥远地方的考生，也会骑马、坐轿、赶车到这儿改走水路。因为大家都知道，陆路上遇到麻烦的可能要比河道大得多，因此尽量以船代步。

这一来，码头上也就有各种操着不同方言的人在下马、卸车、装担、挑箱。不少考生后面跟着书童、佣人，但多数考生是单身，自背包袱，自提筐篓。送行的人一般只送到码头，因此有很多告别之声。考生中有不少人已经多次赴试，早就互相认识，一见便高声寒暄，打躬作揖。

为了吉利，送别考生的码头上不准有眼泪，无论是送行者还是被送者，都在夸张着兴高采烈。

此刻，只有一批人是忧愁的，那就是船夫们。他们都在抬头看天，那云，那风，那天色，太令人不安了。

云是沉甸甸的，泛着一点怪异的棕色，风不大，却让人毛孔发紧。肯定会有寒潮来临，今天显然不宜出船。

但是，京城的考期是无法延迟的，人们的笑容是无法阻止的。船夫只是船夫，对这么大的事情，哪有说话的份儿？

那就只能开船了，冲着那云，那风，那天色。

一切危难都是从兴高采烈开始的。当兴高采烈成为一种群体约定，那就谁也不准醒来，谁也不准停步。

各种方言的考生互相打招呼，彼此很难听得懂，便立即改用书里的话。照理，书里的话比口语艰深，但在中国，由于两千年前的秦始皇统一了文字，反倒是书面语言能够穿越地域。结果，一艘艘船里的考生全在讲着文言文，聊天就像背诵，听起来十分古怪。

大家似乎觉得这是显摆学问的好机会，故意说得滔滔不绝，又抑扬顿挫，却没有一句像寻常的人话。这些书生到京城后有一部分录取为官，讲话还是这个腔调。

孟河生平第一次见到那么多男人。她一点儿也不怕他们，只是觉得惊讶，这么多年跟着妈妈学诗文，心中已经贮下了五六种书生的类型，倜傥的、豪放的、忧郁的、尖锐的、柔婉的，但是抬头看这么多考生，一个也挨不上。是诗文错了，还是眼前错了？她不知道。

她突然想起，昨天晚上郝媒婆领到凉亭上展示的几个考生，应该也挤在这里吧？后悔当时没有从门缝里偷看一眼，如果现在对上了号，那才好笑呢。

从码头搁到船上的跳板很多，选哪一条船上呢？孟河选了排在最前面，看上去也是最大的一条。跳板并不窄，却有一点晃动，孟河就把肩上的画轴取下来，握在手上当拐杖。

在跳板上跨了七八步，后两步已经踉跄。她想稳稳神，没想到大船突然摇晃了一下。她差点掉到河里，但终于没有掉下去，因为有人把画轴的那一头紧紧抓住了。

她借势一跃，上了船的甲板。这才抬起头来看抓画轴的人。她看到一位略显黝黑的男子，一定很有手劲，因为他握住了画轴的一端，这画轴就成了稳固的栏杆。

这个背着一顶大斗笠的男子，读者已经见过两次，但孟河却是第一次看到。孟河觉得奇怪，这样大的斗笠，以前只见是山民和船夫戴的，他怎么大咧咧地挂在背后？他是船夫吗？

他说话了："小兄弟，第一次上船吗？怎么拿了这样一根手杖？"

孟河一听就笑出声来："这不是手杖，是画轴。"

"画轴？哪位丹青高手的画，值得你一路捧着？"他笑问。

从问的口气，孟河就明白，他不是船夫。孟河发现，他一笑，牙齿很白，那是被黝黑的皮肤对比出来的。这有点好笑，但又怕笑得失礼，就慌忙用回答来掩饰。

慌忙中的回答总是诚实的，孟河说："这是我妈妈画的，画失踪的爸爸。"

这个回答显然让斗笠男子很吃惊。他愣住了，直视着孟河的眼神，问："什么？妈妈画的，画失踪的爸爸？你知道这短短几个字，有多大的分量？"

他顿了顿，又说："这里边蕴藏着太多太多的故事，这几天在船上，听你慢慢说。你连赶考也带着这卷画？"

孟河看了一下四周，轻声说："我不赶考，搭个船，找爸爸。"然后又上下打量了斗笠男子一遍，侧过头去悄声问："你也是不赶考的吧？什么也没带，而且，样子也与那些考生都不一样。"

孟河多么希望站在面前的斗笠男子也是来搭船的，那自己就不孤单了，还可以一起躲在一角笑看那些考生。

但是，斗笠男子的回答却是："很惭愧，我倒是去赶考的。"

他看了一眼周围的考生，说："你很有眼光，我确实与他们不一样。爸爸是一个老船工，一辈子都在船上，一批批地运送考生来来去去，今年病倒了，只希望自己的儿子也能去考一次。"

孟河高兴了，说："哈，这也是一个好故事，老船工不甘心了！"

斗笠男子说："别笑他，那只是他的一个梦。"

"一个梦？"孟河抬头一想，说，"你这次，是去找爸爸的梦。我这次，是去找梦中的爸爸。"

"好！小兄弟才思敏捷。你我一下子都知道了彼此的秘密，该交个朋友了。我叫金河，金子的金，河流的河。"斗笠男子说。

"金河！"孟河一听觉得耳熟。突然想起，昨天晚上躲在自家门内听郝媒婆摆布那六个追求者，最后冒出一个声音："我不是七号，有名有姓，叫金河，金子的金，河流的河……"那就是他了。

金河等着孟河报名字，没想到孟河只是问："昨天晚上，你有没有经过一个桥头的凉亭？"

"昨天晚上？桥头的凉亭？"金河一听就兴奋了，说，"我算是开眼界了，六个傻男人，为了求婚，在月光下忸怩作态，给桥对面的小姐看，其实小姐根本没有出来。那个地方是不是你说的凉亭？我还自报姓名，嘲笑他们不太斯文。我是讲客气了，其实是让普天下的男人丢脸，有辱斯文！"

金河越说越来劲："我最烦的是那个躲在门里的小姐了，她真有这么了不起吗？推开门，把这群傻男人赶走也好啊，她就是不开门。我还冲着门抢白了她，说她门缝看人，有失厚道。人家毕竟是小姐，我不能太尖刻。"

孟河笑了："有失厚道，对，有失厚道！"

金河突然产生了疑惑，问："咳，对了，你怎么知道凉亭的事？莫非是六个男人中的一个？还是他们中哪一个告诉你的？让我看看……"

他真的打量起了孟河，从头到脚。然后，摇头。

他边摇头边说:"你不在六个人里边。那六个人,真没法说了,越想越好笑……"

孟河怕他再追问自己怎么会知道昨夜的事,便急着把话岔开,说:"那几个人会不会也在这条船上?……哦,对了,我的名字与你差不多,叫孟河。"

金河一听就乐:"也是一条河?"

孟河说:"对,也是一条河。"

八

　　孟河是在寂寞中长大的，不想与人说话，又很想与人说话。

　　从懂事开始，唯一的谈话者就是妈妈。妈妈的谈话，主要是教习诗文。孟河虽然没见过其他老师，却也知道妈妈教得好。那些古典诗文好像就是她自己写的，讲得那么知心。又好像是在观赏后院的花树，分得清浓淡高低。做人的道理，也都在里边了。

　　孟河知道自己学懂了，深浅冷暖，全在心底，不必考试。那次"淑女乡试"夺魁，只是随手折柳，一点儿也不意外。那个"夺"字不准确，因为那些小姐都不行，不存在争夺对手。只恨那次乡试只限女子，如果男子参加，结果也不会太差。孟河想到这里一笑，你看一个妈妈，一个小院，超过多少公私书院、名师硕儒！

　　记得那个斜阳入窗的午后，孟河随口说自己最喜欢的文笔是《史记》，最厌恶的文体是汉赋。妈妈听了一震，却不说话，像石雕一样坐着，眼眶里有泪水。一个女孩子作出的文化大判断，使妈妈明白，自己找到了知音。她没料到，这个知音竟然就是亲生女儿，因此流泪了。

就在那天晚上，妈妈拉过椅子与孟河谈话，却谈得断断续续。好像是，她违背了父母早就定下的婚约而下嫁爸爸，便与显赫的家庭割断了关系。她从父母那里要了满满一船书和一个檀木浴盆，就不再回头。直到生命最后，她也没有告诉女儿孟河，自己来自何方。

一个人无法在短期内经受两次背叛，孟河想。妈妈为爸爸背叛了自己的老家，而爸爸，或许很快又背叛了她……

如果山路上的老丈所言无误，那么，这便是一个天理不容的至冤故事。承受者，居然是一个躲在山村沉默寡言的女子，我妈妈。你匆匆离世的原因也在这里吧，妈妈？总算，这份至冤如今扛在女儿肩上了。

难道，我应该立即作出第三度背叛，背叛这画轴里的男人、丈夫、爸爸？可恨的老丈，三言两语就把孟河此行的分量大大加重了。

这么想，有点累。孟河抬头看金河，发现金河也在看自己。孟河刚刚回忆妈妈教习诗文的情景，突然想到，这位船工的儿子是在哪里读书的呢？便开口一问。

"船上。"金河回答得干脆。

"船上？"孟河很惊讶，继续问，"什么船？谁教？"

金河说："这事说来话长，坐下说吧。"他让孟河坐在船帮的木架上，自己也挨着坐下了。

坐下了，就可以说得耐心一点。

金河说："我爸爸的码头，在南方的九狼坝，离这里还有七百里。那里的考生坐船去京城，要花费一个月的时间。多数考不上，回家又要一个月。两个月在船上吃住，除了咿咿唔唔诵读诗文，什么也干不了。如果这个时候出现一个小孩，那会是什么情景？除了陪他玩，就是教他读诗文。那么多考生还在互相比较谁教得更好，结果，那船就成了最好的流动书院。那小孩，就是我。"

"那些考生都在爸爸面前夸赞我天资聪颖，爸爸也就当作了一件事。除了三年一度的朝廷大考外，各个州府的地方考试也接连不断，考生都要坐船。你想想，我能拜多少师，听多少课？"金河越说越开心。

"太壮观了！"孟河惊叹一声，说，"我的课堂是一座山，你的课堂是一条江！"

"说得好。"金河说，"其实我的这种学法也有毛病，拜师杂了，又断断续续，学不完整。"

"不完整才好，让山河补上……"孟河刚接过话便停住了，因为她看到金河突然抱了一下肩，抬头看天，霍地站起身来。

"不好！"金河急切地大叫一声。

孟河也站起身来，看着他。只见他失神地站在船舷边，口里念叨着："寒潮，最大的寒潮，爸爸说起过……"

"寒潮？"孟河刚问，嘴唇已经冻得有点麻木，浑身奇寒砭骨。

九

金河在急切中还在想爸爸。

爸爸说，小灾难像麻雀，叽叽喳喳；中灾难像乌鸦，乌乌央央；大灾难像黑熊，不声不响。这下可不，黑熊来了。

孟河却在想妈妈。

妈妈说，小灾难来了，女人自己打量；中灾难来了，找个男人商量；大灾难来了，还由女人来扛。

金河又想起了爸爸，爸爸说过一段很费解的话，也是有关灾难。

爸爸说，小灾难来了，靠众人；中灾难来了，靠高人；大灾难来了，靠笨人。

……

但是，不能再想爸爸、妈妈了，灾难已经罩住四周。

金河在回忆爸爸指点过的程序。先是四周刮起刺脸的冷风，天空的乌云突然变得浓稠；接着是乌云急速滚动，滚动出几道裂口；然后是裂口扩大，滚动停止，天色渐亮，亮成怪异的紫翠色。

爸爸说，如果光是冷风、乌云、裂口，还只是一般的寒潮。如果天空出现了紫翠色，那就大事不好，河流会结冰，船舶会封死。那就是实实在在的大灾难了。

当一切大灾难悄悄来临的时候，几乎所有的民众都把它当作小灾难。对于小灾难，大家的态度历来不是从容面对，而是夸张敏感，呼天抢地。

此刻全船考生最敏感的，是冷，而不是冰。

敏感冰的只有一个人，金河。

所有的考生都到船舱里边打开箱子，加了衣服。但是这木船，船舱和甲板之间只隔了一扇薄木门加一个棉布帘，里边外边一样寒冷。考生们添了衣服还耐不住，抱着肩膀到甲板上来看天。

天，还是怪异的紫翠色。无助的考生一抱肩膀，就想起离别不久的爸爸、妈妈。

于是，紫翠色的天空上布满了家里的木窗。木窗全打开了，窗口是白发凌乱的父母。

父母不知道河中已经冷到什么地步，但也在家乡感受到了从儿子出发方向涌来的寒气。他们知道儿子的箱子中一共有几套衣服，而且由于一直预计着考中后的光鲜靓帅，新置的都是"派头服"，完全没料到会遭遇如此寒潮。因此，夫妻俩一会儿开窗，一会儿关窗，一会儿看天，一会儿测风，为船上的儿子着急。

东汉建安五年帛简有记：若持咒"天河灵枢"四字复诵七遍，便可"令至亲之心通之于至急至切之时，且一咒加持七人"。这船上不知哪个考生知咒，一群人均已与父母在互相呼唤了。长者的声音是"加衣，快加衣"；儿子的回答是"加了，还是冷"。急切重复，如诉如泣。

河中已经看不到波浪，泛出一种滞止的幽光。金河一看不好，要结冰了！

行船半道上大河结冰，是一个致命的大灾难。一结冰，船就被封住了，至少半个月。更要命的是，这儿的河岸全是峭壁，虽不算高，但无法攀越。

不可能有人来救。除了冻死，还是冻死。

可以预想的是，等到半个月或更久之后冰融水活，有渔民好奇地来呼喊这一排静止的船，无人答应；上船一看，所有的考生早就成了"冰糖葫芦"。然后，被列为中国科举史上因自然原因造成的第一惨案。

想到这里，金河站到了一个木箱之上，大声地要求考生们向自己靠拢。他知道考生多数胆小，不能吓着他们，而只能简单地介绍困境，讨论该怎么办。

"各位，河要结冰了！"他急切地喊道。

考生们呆呆地看着他。

"这是船夫的事，我们付了银子。"一个考生说。

"我们船上有两个船夫，一支橹。如果结了冰，那橹还摇得动吗？"金河说。

"那就等吧。等到明天冰融化了，再开船。"那个考生说。

"冰至少要半个月才融化。"金河说。

"半个月？"众考生尖叫起来，"那还不冻死、饿死？"

"现在只有一条活路了。"金河说。但他又停住了，深深吐一口气，要把自己刚才好不容易想出来的办法讲出来。

他很犹豫，因为这个办法做起来很不容易，而眼前的考生又那么陌生。但事情紧迫，已经没有时间了。

他想尽量说得简单一些。

"这冰，一个时辰内就会结上。如果船能加速快行，争取在结冰前赶到前面的鲨市，那就可以上码头走陆路了。那么，怎么能让船加速快行呢？只有一个办法，就是大家一起划桨。我刚才在船舱里看到了，那十几支备用桨都还能用。我们的船一领头，后面的船也跟上，大家就有救了。"

所有的考生一听，都面面相觑。面对如此危急的情势、艰难的计划，他们一时还回不过神来。

只有孟河双眼发亮，凝视着金河。她第一次活生生地看到，面对生死大灾，有人能够如此果断冷静。

十

考生们总算"醒"过来了。

一个长相略似仙鹤的帅气考生说:"此事关及众人,必须大家商议,然后一一表决,不能乾纲独断。时间越紧越容易草率,一旦草率就会产生祸害,产生了祸害就覆水难收……"

一个长相略似松鼠的英俊考生说:"刚才这位考生说,到了鲨市之后上岸改走陆路。陆路怎么走?是骑马,还是坐马车?我不会骑马,只能坐马车。但我从小就怕颠簸,一颠簸,头就晕了,还怎么赶考?我考不上,别人就有机会了吧?因此,我坚决反对这个方案!"

一个长相略似公鸡的高雅考生说:"那我就更反对了。这次我在船上装了整整十箱子书,诸位一定在船舱里已经看到。这都是为考试准备的,真可谓'船行千里十箱书,家学渊源三百年'!这十箱书,难道也要从船上卸下来,再去找马车?"

一个长相略似睡猫的红鼻子考生说:"这些都是小事。最大的问题是,走陆路山高林密,有盗匪出没,很不安全。我叔叔多年前正是走陆路到京城赶考,被一个假装引路的探子所骗，落进了土匪窝，被洗劫一空！这位侠士要我们改走陆路，是否别有所图？"

一个长相略似绵羊的白皙考生把话题快速接过去，说："据我了解，如果从鲨市到京城，会经过灰岭、固寨、沈沟、四家井，几个地方都有盗匪帮。其中势力最大的是固寨，那个土匪窝名声很大，人多势广，还有探子派在外面，引导他人上钩。"

经过两个人一说，所有的考生都向金河投来疑惑的目光。他们不由自主地后退一步，越来越觉得金河可疑。

"是啊，他怎么会知道这河一个时辰后会结冰？"

"他怎么会那么清楚，船上有两个船工，一支橹，还有十几支桨？我们这么多人，为什么都没有注意？"

"你看他，不带一本书，却背着一顶大斗笠，莫不是在关键时刻遮盖脸面的吧？太像是从固寨出来的了。"

"如果这船真遇到了灾难，他为什么不惊不慌，胸有成竹？哪个书生会有这般定力？"

"他上船时我就警觉了，那条颤悠悠的跳板大家都走得那么小心，他却几步就迈过去了。如此身手，不能不防！"

"一船文弱书生，一个固寨歹徒，我们只要齐心合力……"

……

迅速卷起的舆情，转眼之间已经由这群年轻文人完成得严丝密缝。他们得出了肯定不二的结论：金河是歹徒，而且是固寨盗匪集团的引路人。

孟河细听了他们的全部言论，惊诧万分。这些言论很机敏，但是，这个金河肯定不是歹徒，女孩的直觉非常坚定。只不过，她没有力量，也没有证据，来反驳这些言论。她怔怔地看了一会儿考生，再抬起头来看金河。

她怯生生地投向他的目光落空了，因为他已经急急地走向船帮，伸头看江面。然后，转身捡起横在甲板上的一支撑竿，伸向河面。

"他想逃！"众考生尖叫起来。

"抓住他！"两个考生喊道，但没有人上前。

"先绑下，到京城送官府！"一个考生在喊，但仍然没有人上前。

反而，大家都退后了一步，怕这个逃犯使出拳脚。

船帮上，只有金河一个人。他把半个身子弯在船帮外面，用撑竿捅着河面。

他终于回过身来了，把撑竿扔在甲板上，轻轻地摇了摇头，说："冰已经结上了，正好一个时辰。"

甲板上一片静寂。

十一

一声凄厉的哭叫，从船尾响起。

"这下死定了！呜呜……"这是船夫。

接着是另一个船夫的号啕："我不想冻死！"

这条船是领头的，他们一哭叫，后面那些船的船夫也跟着哭叫起来。

所有这些船夫，最明白自己的处境。只要还有一线希望，他们还会奋力驾船，安抚考生。但现在他们比谁都清楚，一切都没用了。

结了冰的河，变成了一片青白色，不再有任何动静。河面一下子变得很宽，泛着阴森的光，伸到河岸。这里的河岸都是石灰岩的悬崖，崖顶是烟雾般的枯枝。远近前后，上下左右，全都失去了最后一丝活气。

好像并不恐怖，却又恐怖极了。一长列不能动弹的船只传出船夫们的尖声哭叫，使恐怖变成绝望。不仅是他们绝望，连山，连树，连鸟，连鱼，也都绝望了。

感知灾难是一种能力，在这方面，文人特别低能。但是，文人又最容易被感染。第一条船上的考生显然是被满江船夫的哭叫声感染了，便哭出了声。从一人到两人，其他人也憋不住了，一起哭。任何哭声都有一种天然的比赛机制，于是一声强过一声，很快就到了"撕肝裂胆"的地步。

哭声中又加入了喊叫。考生们在喊叫中既丢失了官话也丢失了成语，只剩下了最土俚的方言，直着嗓子干号。

"妈妈，我的手冻僵了，脚也冻僵了，浑身都僵了，怎么办？"

"爸爸，你来收尸时要记得，第三个船桩下坐着的就是我！"

"妈妈，我们家姓董，外公恰恰给我起了个单名叫疆，结果，真冻僵了吧！"

"爸爸，你说平生最爱的诗句是'铁马冰河入梦来'，这下可好，铁马没见到，冰河真来了！"

……

声音越来越乱，从哭喊变成了哭诉，向父母倾诉着最后的话。

这时，船舱的一角，传来近似咳嗽的声音，浑厚而响亮，显然是来阻止哭声的。

再响的哭声，也阻止不了其他哭声。只有一种毫无哭意的声音才能阻止，因为它来自相反的方向。

这声音没有哭意，却有怒意，而且，是很大的怒意。

"刚才，是谁在说，走陆路怕颠簸，怕头晕？"没人回答，但大家已经把目光转向发问的角落。

"刚才，是谁在说，放不下十箱子书？"发问的人还是没有出现。

突然声高了，简直是厉声："刚才，又是谁在说，提出走陆路是为了接应强盗？"

大家终于看到，船舱的暗处站出来一个老人，棕色袍衫，白须白发。孟河和金河都曾在山路边见过，却不知道他也上了这条船。

毕竟上了年纪，老丈上船后就躺在一个铺位上了。对于寒潮的突降，他也毫无准备。在满船惊慌中听到有一个小伙子在对大家说逃生办法，他觉得声音很熟，快速判断这就是上午在山路边遇到的斗笠男子。斗笠男子所说的逃生办法，显然是目前唯一的活路，但老丈又以毕生经验断定，这些考生不可能一起伸出手来奋力划桨到鲨市。九州的考生，都不可能。

这倒罢了，让老丈吃惊的是，这些考生面临危难怎么还会七嘴八舌地攻击一个正在想办法的人，而且攻击得那么久，那么凶。

老丈知道，死亡就在眼前，谁也逃不掉，所有的考生、船夫、自己，包括斗笠男子。但不管怎么说，他还想站出来作一番临终训诫。即便共同消失，也有最后是非。

被愤怒和寒冷双重裹卷，老丈扶着船舱木柱站起来时，已经有点颤颤巍巍。

这个样子，更把全船人镇住了。

"老丈！"金河认出来了，上前一把扶住。

"老丈！"这是孟河。她的出现使老丈十分吃惊，没想到两个年轻人都与自己同船。老丈知道她是女扮男装，皱着眉头看她时，还眨了眨眼睛。

老丈转身对金河说："你出的点子很有胆识，但做不到，没人手。"他斜睨了一眼簇拥在周围的考生，像吟诗一般哼了一句："天下何事最恶心？死到临头还咬人！"

然后，他一手拉着金河，一手拉着孟河，向着船头挪步，说："我们三个，都有盗贼派来的嫌疑，那就离正人君子们远一点，死在一起吧！"

死亡，平日谁都在说，但谁也没有练习过。更麻烦的是，明知就要冻死，但现在身子还热，离真正冻死还会有几个时辰。这几个时辰，怎么度过？

这个问题，老丈、孟河、金河都一起感受到了，居然觉得有点不好意思。三人其实还不熟悉，熟悉的亲戚朋友都不在身边。与外面的世界完全切断，只是等死，那还能说什么，做什么呢？平日与朋友在路边告别，挥手时间长一点都觉得不太自在，现在与人生告别，也是一样。

身后，考生们又开始哭喊爸爸、妈妈了，但声音已经没有刚才那么撕肝裂胆。老丈轻声对金河、孟河说："我的父母早就亡故，本人一直未娶，因此没有家人可以哭喊。"说着他对孟河说："你也一样，母亲亡故了，父亲失踪了。"

"只有你，还有父母。这下你回不去了，他们怎么过日子？"老丈问金河。

"划船的行业攒得下钱，我还有一个妹妹，问题不大。"金河说。

"那行，我们三人就放心地变成冰雕玉砌吧。"老丈还笑了一下。

"冰雕玉砌，好。"孟河说，"我加一个词，冰清玉洁！"

"我再加一个吧：冰肌玉骨！"老丈看了孟河一眼。

金河说："冰肌玉骨是说女人的，用在我们身上不太合适吧？"

"我也觉得不太合适。但此时此刻，还咬文嚼字，可能更不合适。"孟河说。

"非常合适，"老丈道，"不管男女，明天之后，一起冰肌玉骨。光凭这个词，我们也值了！"

奇怪的是，说到这时，眼前的冰河突然明亮了。天上，出现了一弯月亮。

月亮像一把银色的镰刀，在寒潮中显得有点朦胧，像是被泪水浸润了。

这月亮如果倒映在河里，一定会把整条河都晃活了。但现在河已结冰，它倒映成了一条长长的白痕，也像一支明亮的长剑，从冰面上划过来，一直划到船下。

看着这支冰上的长剑，金河突然获得了某种启示。他快速转身，到船帮下拿起一根竹篙，伸到河面敲冰，又侧耳细听敲出的声音。

然后，他收起竹篙，直起身，一手抓住老丈，一手抓住孟河，说："一个笨办法，也许还有活路！"

"什么笨办法？"老丈把他的手抓得很紧。

孟河也把他的手臂抓紧了。

十二

金河说："这冰，现在结得还不厚，还能凿得开。"

"凿冰?"老丈吃惊地问。

"对，凿冰。在这第一条船的船头，把冰凿开。让那两个船夫，一个撑篙，一个划桨，就能向前一步步移动。"金河说。

"谁凿?"老丈问。

"我。"金河说。

"你?"老丈注视着他。

"只有我。"金河说，"小时候看我爸爸凿过船头的冰，只不过那时都没有现在这么冷。"

"你只是看过，自己会凿吗?"老丈又问。

"我还记得爸爸的手法。拿斧子，左一斧，右一斧，然后把斧子翻过来，用锤头砸击中间，冰就开了。"金河说。

"这船上有斧子吗?"这是孟河在问了。

"一定有。"金河说，"任何船家必须有四件：橹、桨、篙、斧。少一件，就不能开船。"

"船头外沿，有可以站着凿冰的地方吗?"老丈问。

"有。"金河说,"船头外沿靠水的地方,有一个小小的撩藻台,平日在那里清除缠绕的破网苇藻,也能凿冰。"

老丈和孟河连忙伸头到船帮外,看那个地方。发现果然有一个小木架贴在船帮外,可以站三四个人。

老丈又问:"能不能让那两个船夫来凿,我们多付钱?"

"不能。"金河说,"一般船家都不凿冰,我爸爸是例外。还有,今天太冷,在那里凿,离冰那么近,身体很容易冻僵。我见过那两个船夫,身子都太单薄。他们只能在后面摇橹、撑篙,那也很累,别人干不了。"

"你就不会冻僵?"孟河问。

"我练过一点功夫,一定会比他们强一些。"金河说。顿了顿,他又说:"要不然怎么办?一船人的生命。不,不止一船人。我们的船如果凿开了,后面的船都能跟上,多少人的生命!"

这话无可辩驳。孟河说:"那我也和你一起下去,你如果冻僵了,我可以拉住你。"

老丈说:"我仔细看了,那里站得下三个人,我也下去。你绑一条布带,我们两人在两边拉着。对,就这样!"

金河立即叫来那两个船夫,要来斧子,再指派他们摇橹、撑篙的活儿,说得很细。两个船夫听金河说的都是内行话,便很服从。

于是,由金河领头,孟河搀扶着老丈,三个人一起下到了船帮外沿的木架上。

满河的冰,就在身边。那道月光的倒影,正好笔直地晃到眼前。金河在腰上绑好一条又长又厚的布带，左边由老丈拉着，右边由孟河拉着。金河说一声"我先试试"，就向那道月光劈去。

果然，冰还不厚，第一斧就开裂了。劈了三斧，金河向后面的船夫喊一声："撑！"

船动了。动的幅度很小很小，仅仅只是一颤。但，总算动了。

两个船夫高傲地向后面的船喊一声："跟上！"

应该有鼓掌声，但没有。什么声音也没有，连刚才的哭喊声，也完全停了。

金河像在攀登一座阒寂无人的雪山，身边有两个伙伴，一个年老，一个年轻。再也没有别的人。

十三

　　金河握斧子的手，还戴着一副纱线手套，这也是船夫交斧子时一起交给他的。

　　在这么冷的天，光着手凿冰是受不了的，那副纱线手套很重要。但是，凿了一阵之后有不少冰屑、水滴溅在手套上，手套也渐渐变得又硬又冷。金河曾想脱下，但一脱又有另一种冷，于是又戴上。他发现加大动作幅度会让手暖和一点，但幅度一加大，冰屑和水滴就溅得更多了。

　　金河咬着牙齿狠命抢斧，觉得绑在腰上的布带拉得越来越紧。原来老丈和孟河都感到了他的劳累，怕他身子一软掉到河里去，便不约而同地一起用力了。相比之下，孟河拉得更加使劲。金河把身子向右边扭了一下，说："孟河小兄弟，拉得松一点。"

　　孟河说："要不要我替一下手？我已经看会了。"

　　老丈连忙说："你这个'小兄弟'太娇弱，要替手，也得由我老汉来！"

　　金河说："不要替手了。一个人能不能使斧子，第一眼就能看出来。我看你们两个，都不行。"

老丈和孟河一听也就不吭声了，只是把布带拉得更郑重一点，不紧不松。他们俩都没有戴手套，用布带裹着手，还是冷。

金河渐渐体力不支。凿冰的动作更大了，却有点虚。凿下去的时候，身子倾得很深，每次仰起，都比刚才吃力。月亮的倒影在斧子下抖动，抖动得有点飘荡。他希望不要飘荡，一次次想用斧子凿定，却没有如愿。月影变成了一条闪烁的光带，已经把自己笼罩。

这光带突然变成了一道白烟，似乎是黄昏时分自家的炊烟，摇晃飘忽着。炊烟下，是躺在病床上的父亲，和在一旁伺候的母亲。父亲一定在想这河上的船橹声，船上有自己的儿子，去赶考。父亲并不想让儿子飞黄腾达，而只是想让他成为一个考生，来默默回答一辈子见到的那些考生的傲气儿。为着这么一个小心眼，就把儿子支出去那么远，父亲有点后悔。

别后悔了，父亲。此刻，我已经不是一个考生，又成了一个船夫，在凿冰。这天气，比父亲一辈子遇到的都冷。这活儿，比父亲一辈子遇到的都重。而且，像父亲一样，都是为了考生。这些考生岂止是傲气，刚刚都见到了，还有那么多戾气、酸气、恶气、无赖气。但有什么办法呢，还得载他们，还得救他们。

凿冰，凿冰。我已经使尽了最后的力气，父亲。凿冰，凿冰……

握斧子的手，好像不是自己的了。先是冷，后来不觉得冷了，只是痛。再后来也不痛了，只是麻，只是木。

孟河看着眼前这个男子舞蹈般的身影，他是在与光厮磨，与冰扑击。那声音，很清脆，又很沉闷。每一下，都牵动一次布带，布带的一端在自己手上。孟河那么清晰地感觉到金河运动的体能和脉搏。我要牢牢拽住他，不让光和冰把他吞没。

孟河看了一眼老丈。老丈拉着布带的另一端，但他不言不动，闭着眼，不知在想什么。刀刻般的皱纹，白色的胡子，模糊的月光，配着无际的寒冰，太像一座天外来的雕塑。

孟河突然有点紧张，怕老丈那么大年纪是否已经被冻住。但一看布带，老丈拉的那一头并没有松脱。莫不是结冰结住了吧，她想试着引他讲话。

孟河说："老丈，满船那么多年轻力壮的考生，为什么不来帮金河一把？"

等了一点点时间，终于听到了老丈的声音："他们不会来帮。"

"为什么？这也有关他们自己的生死啊！"孟河问。

老丈说："不为什么，他们都是这样。"话语还是简单得像雕塑。

十四

考生们也都曾挤到甲板，趴在船帮上看金河凿冰。但天气太冷，他们很快都回船舱了。

看到凿冰，看到船动，他们都不说话了。回到船舱，还是不说话。冰冷幽暗的船舱中，没有什么声音。

安静中，船头凿冰的声音听得很清晰。两声斧劈，一声冰裂，船就挪动一下。

大概是过了一炷香的时间吧，考生间有一种很轻的窃窃私语开始传递。

那个长相略似睡猫的红鼻子考生嘀咕了一句："我还是不放心。"

"不放心什么？"长相略似绵羊的白皙考生问。

"这个人究竟是谁？为什么他凿冰凿得那么娴熟，那么得心应手？"红鼻子考生说。

"倘若有诈，如何是好？要不要一到鲨市就立即报官？"绵羊的声音更小了。

红鼻子说："鲨市的官太小，没用。盗匪最怕刑部，后边那个胖考生的表舅，是刑部的令史。不如把他请出来，吓唬吓唬盗匪。"

"你们太阴暗了！"那个长相略似公鸡的考生听不下去了，说，"天下哪有那么多盗匪？我看这个凿冰人不像恶人，一定是想通过解危来赚钱。等着看吧，到了鲨市，他们三个人会一起收钱的，只要不过分，大家都出一点。"

"他们没有收钱的资格！"听得出，这是那个长相略似仙鹤的考生在说话，"如果收了，我会把他们告到户部。"

"咳，不是盗匪就是钱财，能不能斯文一点？"这是那个长相略似松鼠的考生的声音。他的话让大家一时噤声，这就使他来劲了，说："我提议大家对诗，来消磨时间。诗题我已经想好了，叫'冰河夜渡'。哪位有急智？请吧。"

在这个考生背后立即冒出一个声音："你这个诗题太一般，我想了一个，叫'绝命天路'，开头两句也想好了，大家要不要听？"

没人吭声。船舱里又安静了，大家还是听着凿冰的声音。左一劈，右一劈，再一砸而裂，三声都很清脆。船，在不断行进。

金河已经支撑不住，下斧时身子扭曲，几次都要趴倒在冰河中了。老丈和孟河不知道该怎么帮他，只能用双手牢牢地捧持着布带，而他们的双手，都在颤抖。

十五

天亮了。

鲨市到了。

金河也倒下了。

船一靠码头，所有的考生都夺路上岸。那位声称有很多箱书的考生本来就跟了两名挑夫，在船靠岸前就捆绑好担子，这下也快步踩过了跳板。

他们走得这么快，也许是害怕盗匪接应，也许是担心凿冰人收钱，也许是想早一步摆脱一夜恐怖，转眼，除了船尾的两名船夫在收拾橹篙，船头甲板上只剩下三个人：金河、孟河、老丈。而金河，已经昏迷。孟河和老丈，蹲在他身旁。

那些快速离去的考生，连看也不敢看这三个人一眼。而孟河，则非常惊讶地看着他们的背影。

老丈一手挽起金河的头，一手掐他的穴位。手法，很专业。

孟河在一边着急："老丈，金河他——"

"这是累狠了。"老丈说，"我懂点医，他很快会缓过来。

过会儿，我们扶他到码头小店里喝几口热汤，就可以了。"

但就在这时，老丈惊叫一声："糟糕！"他看到了金河的手。

金河的手，还戴着纱线手套，但手套已破，渗着血迹。血迹和手套全都结冰。紧裹着手，而手则肿大僵硬。

老丈轻轻地拉了拉手套，拉不下来。他又用双手去捂金河的手，一捂脸就青了。

"手冻坏了，完全冻坏了！"老丈急急地说，"必须立即送医，鲨市有一位老郎中，专治伤科，叫洪神仙，我认识。"

"能医好吗？"孟河问。

"涂几种伤药，手还能保留。"老丈说。

"保留？"孟河不懂其间的意思。

"只能保留，但也废了一半。幸好，左手轻一点。"老丈说。

"废了一半？还能写字吗？"孟河急急地问。

老丈摇头。白胡子在悲苦地抖动。

"那他也不能赶考了？"孟河问。

老丈点头。

"他父亲还在南方九狼坝的家里盼着他上榜呢，那位盼了一辈子的老船工！"孟河更着急了。

"九狼坝？"老丈看了孟河一眼。

"是他上船时给我说起过的。"孟河说。

"那可是很远的南方啊，连我都没有去过。"老丈说。

就在这时，金河醒过来了。

老丈对金河说："醒了好，我要赶快把你送到老郎中洪神仙那儿去，如果晚一步，这手就麻烦了！"

"我知道，这手不管用了。"金河说。

"你知道?"孟河惊讶万分。

"我见过船夫冻伤，但都没有这么重。"金河说。

老丈说："不管怎么样，都得好好治。老郎中洪神仙有点办法。"

孟河问："要治多少天?"

老丈说："这要听洪神仙的。但我知道，要脱去药膏和包带，至少一个月。"

"一个月?"孟河又着急了，"京城的考试赶不上了!"

"赶上也考不了，"金河说，"这手再也写不了字了。只不过，老丈你不能陪着我耽误工夫，你要考最后一次。"

"我也不考了，但不是为了你。"老丈说。

"那为什么?"孟河问。

"我猜得出来。"金河说，"我如果能考，也不考了，原因一定与老丈差不多。"

老丈说："我早就以为已经看透，但在昨夜，方才彻悟。全船那么多考生，就是一个冰封的朝廷。你想想，怎么能进?"

孟河听了，满心震动。她走出几步，独自想了片刻，便说："一条船，就是一个冰封的朝廷，这话不错。但昨天晚上，不是还有一个年轻人把这条船解救出来了?"

顿了顿，她又说："朝廷这条船，也该有人去凿冰!"说完，她又独自想了起来。

终于，她转过了身，脸上带着笑意。

十六

孟河举一个手指，表明要向这两位朋友讲一段话。

无论是老丈还是金河，都对孟河的说话能力缺少准备。在老丈看来，她只是一个背着母亲的画去找父亲的女孩子。金河，连她是女扮男装也不知道。当然，他们更不清楚孟河在"淑女乡试"中是何等厉害。昨天晚上凿冰的时候，孟河又很少说话。

这下孟河说话了——

"鲨市不是久留之地，等洪神仙做过紧急处置，你们还要赶到京城。回南方的大船只有京城才有，当然，那要等到科举发榜之后。等船的时候，金河可以再找京城的名医看看手。"

才那么几句，已经让老丈和金河对她刮目相看。

孟河还在说下去："我很想与两位一起做一件有趣的事，看看昨天晚上船上的那些考生，到底考上了没有。但是我们不知道他们的名字，因此只能等发榜那天在皇榜前看真人。记得吗，那仙鹤，那松鼠，那公鸡，那睡猫，那绵羊，还有很多很多，如果考上了，还要看看他们考了第几名。我想与你们有个约定，发榜那天榜前见，如何？"

老丈说："反正要去京城，到那天在那里再见个面，会很高兴。"

金河举了一下伤残的手说："我一定去！"

"好！"孟河接着说，"我先走，到京城找到父亲，然后我们一起相聚，看看我们三人在京城能一起做点什么。那我现在就要与两位作别！"

孟河抚了一下老丈的手臂，又拍了一下金河的肩，便背起行李和画轴，快步离去。

金河说："真是一个爽利的好后生！"

老丈一笑："还好后生呢，我一说真相会把你吓一跳。但现在不说，赶快去找老郎中洪神仙。"

十七

　　孟河心中的计划，与她刚才说的很不一样。

　　她被昨天晚上金河的义举深深地打动了。是义举吗？应该说是壮举才对。一江坚冰，几船生灵，仅他一人，死而复生。

　　孟河想，自己一直与妈妈一起过日子，只想着一个男人——爸爸。但妈妈是想，自己是猜，两个女人，猜想着一个男人。那么多年，却抵不过一个晚上。昨天晚上，一下子看了很多男人，那么强烈，那么震撼。

　　那批人走了，头也不回，问也不问。走得忘恩负义，走得泯灭天良，走得吵吵嚷嚷，走得理直气壮。他们去接受朝廷的选拔，将成为社稷的栋梁。孟河内心希望，他们只是考生的败类，男人的败类。但这么多的人，这么大的灾，这么长的夜，不是败类的考生躲在哪里？不是败类的男人藏在哪里？

　　我只看到两个。一个是老丈，一个是金河。他们都将退出科举，退出选拔。老丈已是风烛残年，姑且不说了，那金河呢？他的一切才刚刚开始，却眼看就要中断。

刚才，孟河看着金河受伤而又冻僵的手，忍不住活动了一下自己的手指。听老丈说金河的手多半不能写字了，自己的手指立即涌动起一撇一捺的冲动。她又皱着眉头看了看那群人离去的方向，决定要实行一次报复。而且，是狠狠的报复。

　　她要报复那群人，还要报复那一页页金河已经不能书写的试卷，报复那些考官，报复人人企盼的皇榜。她觉得那试卷应该由自己疾书一遍，让考官吃惊，让皇榜改写。她参加过"淑女乡试"，已经知道自己文笔的分量。

　　知道自己文笔分量的人是不屑通过考试来展示的，但这次不是为了自己。因此她已经决定，继续女扮男装，赶到京城参加科举考试，把整个考试搅一搅。报名登记的名字，就叫金河。如果这个名字出现在榜上，也可安慰一下病卧在南方的那位老船夫，让他知道，他家拥有一个非常了不起的儿子。

　　刚这么决定，孟河就觉得自己已经浑身剑气。突然，她想，也要报复一下那个"玩失踪"的爸爸。有什么了不起呢，也就是像昨天那样坐过一回船，考过一回科举罢了，还值得那么躲躲藏藏，把妈妈害得那么苦？

　　也许，正是那二十年，再加昨天晚上，逼出了一个女侠。孟河觉得自己也有豪侠之智，你看刚才，就快速找了一个看榜的借口，又做了一个看榜的约定。

　　好，就这么着，看榜。那时间，那地点，错不了。

　　金河到时候便知道，谁中了。老丈，也不会把一个小女孩看扁了。

　　那就要赶快去京城。

孟河没到过京城，但她已经不怕一切。此刻她更像男的了，不是男考生，而是男剑客。

　　于是直腰抬头，迈大脚步。

十八

插叙：说故事的人如果比较自信又比较心急，总是会把最精彩的段落省掉。

这是不必奇怪的。正因为精彩，读者就有了想象的动力和空间，那就任由读者各自创造吧，写作者就不必唠叨了。

孟河最精彩的经历一定与考试有关。她初到京城是怎么找旅舍的？进入试场必须经过严格的搜身，她一个女孩子是如何通过的？她面对的试题是什么？又怎么设计出奇特的答题方略，把众考官惊得魂飞魄散？

这整个过程，险隘重重，妙招连连。一旦追述，任何人都会文辞滔滔。那我就不凑这个热闹了，干脆彻底删除，完全跳过。只剩下结果，那就从那里说下去。

结果，就在发榜那一天。
地点，就在榜前。

发榜，拥挤至极，热闹至极。千万企盼都集中在那里了，朝廷的企盼，街市的企盼，书生的企盼。因此，在那个时间，那个地点，汇聚了太多的庆贺和眼泪。

人头攒动，水泄不通。细细看去，还能认出我们熟悉的几个考生，影影绰绰，转眼即逝。

一切欢呼都用方言，因为这是让父母乡亲听的。

但毕竟，这又是在京城，要向外乡人显摆。因此，光是方言不行，还得唱家乡的曲调。方言别人听不懂，但当曲调响起，大家还是能分辨，这是什么地方的考生考上了。

榜前唱曲，据说最早是岭南的考生发起的。很多年前一名广东惠州的考生上榜，说出来的话语没人能懂，他突然拉开嗓子唱起了本地粤曲：

　　谢一声太君老上苍，
　　我今天越过万人上，万人上，万人上……

大家还是没听懂，但大略知道他是从岭南来的了。

这事传开后，各地官员都要本地考生考上后在京城皇榜前亮一嗓子。他们在考生临行前训话："你们如果考上，大家都会称你们文曲星。为什么叫文曲星？因为除了写文，还要唱曲。只有唱曲，才能唱响故里……"

于是，各地考生都会向民间艺人学唱"本土俚曲"。等到京城发榜那天，榜前成了南北俚曲大汇唱。只不过，大多唱得声破调歪，很不好听。

京城百姓多数并不识字，不知道皇榜上谁中了第几名，大家挤在那里，主要是去听曲的。听了那么多烂曲，笑得前仰后合。

传来一声响亮的湘调。循声一看，好像是那个自称带了十箱子书来赶考的公鸡脸考生。

大家连忙问："你是状元吗？"

他说："不，不是状元。我是一甲二名，榜眼。"

人群中有人说："我看也不像，状元怎么会长成这样！"

又有人说："榜眼不错了，你看他那眼，瞪得吓人！"

一片笑声。

这次响起的，分明是越曲，绍兴一带来的吧。大家扭头看去，正是那位红鼻子，神情像睡猫似的，唱得似有似无，断续飘忽。

"你是状元？"大家问。

"不，我是一甲三名，探花。"那人说。他把"探花"两字，拖得很软很长，京城人一听，很像"天花"。

一阵哄笑，七嘴八舌："天花就不要出门了，怕风！"

终于传来了好听的曲调，人群霎时安静，听他唱完。谁都明白，这是昆腔。

"就数你唱得好！总该是状元了吧？"一个老大爷问。

昆腔收住，那个白皙得像绵羊的考生说的是一字一句的道白："抱歉，再度抱歉，我是一甲第四名。"

"不是状元就好！"有人在喊，"考官还有点眼光。"

……

一个个都不是。人们开始东张西望，等待一个"是"的人。

唱曲的人越来越多，听来听去更不像是状元。于是，一个巨大的悬念，越积越让人焦急。

考生与民众不同，他们看榜时第一眼就看到了，状元的名字叫金河。上榜的考生希望他晚一点出来，好让自己再扭扭捏捏唱上几段。如果他早出来了，谁也不会再注意自己。但是，他们又企盼着他早一点出现，好让自己上前结识一下，今后在官场上也就成了"同届同科"。而"榜前拜见"，又能成为一个永久的美谈。

因此，状元在哪里？金河在哪里？大家都在寻找。

一个蹲在矮墙边上看热闹的流浪艺人早就听不惯那些考生唱曲时的荒腔走板，这时便重重地弹拨了一下手上的弦子。在引起大家回头看时，他唱道：

> 南腔北调都上榜哟，
> 不见状元心里慌！
> 雁群无头不成队哎，
> 毛笔无头是竹棒！

这嗓音、拖腔实在好听，全场一片叫好。

干什么都有专攻，哪怕唱一口曲。人家内行的口一张，其他上榜的考生就不好意思开口了。

榜前突然静了下来。

刚静，就听得"噹"的一声，锣响了。

两个朝廷的差役出现在大家面前。

按照规矩，科举考试上榜的前十名，朝廷要与各州府一起上门报喜，而对状元，除了隆重报喜外，还要在京城骑马游街，全城欢庆。因此找到状元，是今天朝廷的第一大事。

但奇怪的是，状元没有出现。没有报到，没有拜谢，没有同乡会的庆祝，没有旅馆老板贴出大红告示来借取荣耀。发榜已经整整一天，连个影子也没有。

这是历届科举从来没有遇到过的事。

于是，朝廷派出两个差役到榜前查访。

"新科状元金河！金河大官人您在哪里？"这是一位瘦差役在呼叫。

朝廷的差役，习惯在人群中摆足架势，推推搡搡。但毕竟是在呼叫状元，因此又不能不带点谦恭。

那个胖差役的口气更有趣了："我知道状元大人您就在这人群中，故意看我们笑话呢。您就可怜可怜我们，早一点站出来吧！"

谁也没有注意，在榜墙右脚边，闪出一个蹑手蹑脚的身影。一般考生打扮，却又显得瘦削。似乎想躲开别人视线，却又故作大方走了出来，背手抬头，看那皇榜。

这是孟河。

十九

孟河当然知道，所有的考生都不是自己的对手。

而且，她又成功地猜度了考官们的阅卷心理，把几句自创的格言放在几个关键地方，再跟一些合辙押韵的老套排比，随即增添了语言的色彩对比，细看又循规蹈矩。这样的试卷，要被埋没是不可能的，但她却无法判断本届考官的感应能力，因此没有十足的把握。

更让她感到两难的是，既然下此决心必定要夺得鳌头，但是一旦夺得鳌头，一大堆麻烦事情就会接踵而来。金河和老丈能不能如约赶到？又怎么说服金河接受这么一个意外大礼？万一露馅又如何逃脱？……

她怀着忐忑之心抬起头来。

第一排第一个，明明白白，清清楚楚：金河。

当然，应该是金河。

会不会是重名？孟河记得，那天冒名登记时还要填写户籍所在地。她想起金河说的九狼坝，就填上了。现在榜上的每个名字后面都用很小的字注着户籍，孟河踮脚一看，不错，九狼坝。

这么一个奇怪的地名，就不可能重名了。

孟河于是喜不自禁。看来，今年考官的眼光没有太大毛病。

虽说一切未出预料，但这毕竟是一场全国考试。孟河借此验证了自己，验证了妈妈，当然，也验证了千万考生。那么多验证，心里怎么能不高兴？

高兴得只想手舞足蹈。孟河想，如要舞蹈，一定是女子之舞，有盛唐的"胡旋"之风，让背后那么多考生大惊失色，让京城那么多民众声声喝彩。如果自己真的跳了，人们会奇怪，为什么榜前会出现如此奔放的女子舞蹈？无人能够回答。真正的答案不会有人相信：这个舞者，正是头名状元。

是的，必须是女子舞蹈。让千百年被压抑的天下才女，一展愤懑。都以为滔滔文才全给男子包揽了呢，请看我柔笔纤指，扫尽须眉。

孟河想到这里又扑哧一声笑了出来，我才不转身跳舞呢，我才不坦示真相呢。我有我的计谋，这才刚刚开始。

计谋的关键，是金河。

约了他和老丈在榜前相见，来看看船上那批仙鹤、松鼠、公鸡、睡猫、绵羊，以及别的很多很多头脸，考中了没有。这事关及国家社稷、官场伦常，金河和老丈一定会来关注。再说，他们在鲨市治疗后，没有别的地方可去，只能到京城来。来了京城，当然会到榜前。

但是，太阳已经偏西了，人群越来越挤，他们还没有出现。

手的治疗，会不会有什么问题？

也许已经来了，不想挤来挤去，只是站在远处？

他们如果来了，又没有看到我，会不会就此离去？

……

孟河越想越焦急。

她悄悄转过身来，在人群中寻找。但眼前全被人群塞住了，看不到远处。外面的人，也挤不进来。孟河想，既然谁也动不了，金河和老丈一定被挡在外面了。

能动的只有那两个朝廷差役。那套黑色的制服一穿，本就有几分威势，又时不时地敲一下锣，人们吓一跳，自然为他们让出一条小路。越是挤不动的地方，他们就把锣敲得越响。一下不行，就敲两下、三下，总能敲出一点空隙。

"金河！头名状元金河！您在哪里？"差役边敲边喊，边喊边敲。

孟河想，我就紧跟在这两个差役后面走吧，至少能把路走通。他们这么喊，这么敲，说不定能把金河找到。

她就跟在两个差役后面，一点点往前挤。这很难，为了防止跌倒，还不能不拉拽差役的衣带。很快被那两个差役发现了，扭头厉声喝问："你为什么老是黏着我们？"

孟河不回答，但还是紧紧跟着。

差役由于一直没找到状元，正在火头上，没处发泄，这下就冲着孟河来了："你再跟着，把你抓起来！"

孟河灵机一动，便对差役说："官差大人，我见过你们要找的金河！"

瘦差役立即停步，对胖差役说："听见没有，他说他见过状元！"

两个差役大为惊喜，又深表怀疑。

瘦差役说："你真见过？快说，他长得什么样？"

孟河一下子被问住了。是啊，金河长得什么样？见到认识，但要说，却说不出来。说出来了，又是最一般的词语，等于没说。人世间的多数交往，都是这样。

除了特例，譬如老丈，那年龄，那白胡，那袍子，与别人很不一样。而金河就太平常了，孟河匆匆想了想，上船时的几句交谈，凿冰时的艰辛背影，以及码头上的昏迷样子……

孟河用想象把金河上上下下搜索了一遍，突然脸红了。她从来没有用这样的眼光搜索过一个男人。那冷冽月光下伴着斧声扭动的躯体，孟河曾经通过布带感知。

她有些慌乱，却又想立即来掩盖。

"比较高，"她一说出口又犹豫了，"又不太高。"

"等于没说。"瘦差役轻蔑地一笑，问，"状元是瘦子，还是胖子？"

"比较瘦，"孟河皱了一下眉，说，"又不太瘦。"

"你在捉弄我们吧？赶快，说出状元大官人的一个特征，任何一个特征！"胖差役说。

"特征？"孟河问。

"对。譬如，有没有斗鸡眼、酒糟鼻、罗圈腿？"胖差役说。

"哦，你说的是毛病。"孟河明白了，"也对，一个人，特征就是毛病，毛病就是特征。金河好像没有什么毛病，只是——只是手冻伤了，是右手。"

68

"右手生了冻疮？这让我们怎么找？"两个差役听孟河说得那么具体，觉得不像是说谎。他们看到，孟河此刻向四处搜寻的眼神是急切的，这眼神骗不了人。

胖差役就对瘦差役说："既然他说不清楚，那就让他用眼睛找吧，我们跟着。"

瘦差役说："人太多，又挤不动，干脆从路边小店找一把椅子，让他坐着，我们抬着，他从高处找就容易找到。"

这个主意不错，两个差役很快就从路边一家茶馆要到一把竹椅，两根竹竿，把竹椅绑在竹竿上，要孟河坐上去，由他们两人一前一后抬。孟河觉得这太招人耳目了，坚决拒绝，左躲右闪地要逃走。两个差役一把抓住，把她按在椅子上。怕她再逃，又从茶馆要来一根粗麻绳，把孟河绑在椅子上。

胖差役转念一想，这个人认识状元，如果真找到了，状元见我们用粗麻绳绑着他的朋友，一定不依。便仰头对茶馆老板说："这是贵客，不能用粗麻绳，赶快找一条缎带来！"

缎带是京城市民用来包扎贵重礼物的，不难找到。很快，孟河就被一条丝光闪闪的紫色缎带结结实实地捆绑在椅子上了。两个差役弯腰用双手抬起竹竿，一下子扛到了肩上。

"你倒是一点也不重。"胖差役对孟河说。他又扭头支使走在后面的瘦差役边抬边敲锣。每敲一声锣，他们两人就轮着喊一声："状元金河，您在哪里？"

大家不知道这两个差役为什么在找状元时还抬着一个人。这个人是谁？为什么被缎带绑着？

孟河被差役高高地抬着，又羞又恼。她喊了几声"把我放下"，显然没用。她知道现在自己的形象非常奇怪，却毫无办法。她闭起了眼睛，一颠一颠倒很舒服。但她又张开了眼，心想还是要找到金河，自己才能逃走。

在高处看下面，全是密密的头顶，那就更难找人了。孟河叹了一口气，又四处打量。

就在这时，她看到，在前面不远处的街口，两个轿夫抬出一顶精致的小轿。

二十

京城的守备将军半个月前就张贴过布告，在发榜后的五天期限之内，大小轿子和马车都不准进入这个街区。这是多年的规矩，大家早已习惯，但奇怪的是，这顶小轿却大大方方地进来了，没有被阻拦。

小轿放下后，两个轿夫立即并排站立在轿子后方，成了守卫。他们表情平静，一点不像抬着孟河的这两个差役。

轿子还没有停下的时候，后面有两个头面干净的妇女在紧随着步行。等轿子一停，她们便并排站立在轿子的前方，也成了守卫。

这下就有了四个守卫了，前面两个女的，后面两个男的。站定，就没有了动静。这种气氛，令人屏息期待。

站在轿子前面的一个妇女似乎听到了轿内的什么指令，躬身伸头在轿窗外听了一会儿，立即走到轿子后面伫立着的一个轿夫身边。妇女向轿夫说了一句话，并且用手指轻轻地指了指被两个差役抬着的孟河。

那个轿夫快步走到差役跟前，也只说了一句话。两个差役立即放下抬着孟河的椅子，小碎步跑到小轿子前，跪下，恭敬地叫了一声："公主！"

站在轿子前面的那个妇女这才伸手把轿门打开，另一个妇女伸手去搀扶。

搀扶出来的，是一个打扮简洁而又入时的女孩子。微胖，但还漂亮。她就是公主了，一下轿就显出浑身活力，却没有架子。

一些市民在鼓掌。似乎大家都认识她，也喜欢她。对此，她很得意，满脸笑容朝四周点头，算是回应了掌声。

京城里不少人都知道公主的心事。她是皇帝的独生女儿，却至今还没有找到如意郎君。有意攀亲的豪门贵族当然不少，但她任性，一定要自己物色。父皇宠她，也就由着她。

她希望，在科举考试中找。上一届就找过，第一名状元太老，第二名榜眼已婚，第三名探花又丑又胆小。后面的名次也看过几个，谈几句就发现都是势利之徒，见到公主选婿，骨头都软了，全都跪在地上不肯起身。她扭头就走，也不知他们跪了多少时间。

这事，传来传去，连京城百姓都替公主着急。

但今天，公主容光焕发，胸有成竹。

这是因为，鉴于上一届招婿失败的教训，这次她做了事先准备。就在考试那一天，她请主考官在考场过道的木门后面安排了一个坐处，借着门缝观看一个个考生。从年龄、相貌看上了三个，但是，等看到最后一位考生时，她完全傻住了。那种气韵，那番眉眼，立即把她收服。她急急地查出这位考生登记的名字，叫金河。

"金河"这两个字，已经成了她这些天的心病，不时念叨着。昨天早上主考官呈送给皇上的录取名单中，第一眼就看到，状元正是金河。她一夜没有合眼，简直乐疯了。

公主平日很少打扮，今天却稍稍花了一点时间才出门。但出门时听说，发榜之后，状元金河杳不可寻，不知道到哪里去了。朝廷为了欢庆游街，急着在找，但他们哪里知道，真正着急的是她。

她坐小轿到榜前，想来看看找着了状元没有。但是，轿子刚拐出小街，她就从轿窗看到了一个奇怪的景象：差役高声地在喊叫金河，而金河却被他们绑在椅子上抬着走！这是怎么回事？

是自己看错了吗？公主在轿窗里横看竖看，一点儿不错，是他。烙在心上的人，错不了。于是，她派人吩咐差役，把抬着的椅子放下。

公主爽爽利利地走到那把椅子前，对着还被缎带绑着的孟河拱手施礼："拜见状元郎！"

四周有很多声音在提醒孟河："这是公主！"

孟河不知道自己在哪里出了问题，竟被公主盯上了，便急不择言地否认着："不，不……"

公主根本不管孟河的尴尬表情，只是一步上前指着绑住孟河的缎带，问："这是怎么回事？"

"一言难尽，公主，一言难尽……"孟河嗫嚅着。

"唔？"公主问两位差役。

差役连忙去解孟河身上的缎带，却不知怎么回答。

"该不是在为新科状元游街仪式做事先排练吧？"公主问。她是快乐人，遇事习惯于往阳光的一面想。

两位差役听公主这么一讲，觉得捞到了救命稻草，立即说："对对对，事先排练，事先排练！"

公主问："排练为什么要绑一条带子？"

胖差役满头大汗地接口："是……这样，这椅子太简陋了，排练时万一状元掉下来，岂不是摔坏了一个青年才俊、社会精英，岂不是伤害了一个朝廷重臣、国之栋梁，岂不是丢掉了京城的脸面、百官的威仪……"他觉得还不够，对瘦差役努了努嘴，意思是，你说下去。

公主一笑，说："朝廷小小的差役，一抬状元郎就能蹦出来这么多文句，真是奇迹。但我这个人最听不得这种官场排比句，你们再说下去，我就会晕倒在地！"

两个差役立即噤声，两眼看着地下，一动不动站在那里。

公主说："别傻站在那里了，还不赶快送状元公去沐浴更衣，换上状元服，立即举办状元游街的欢庆仪式！"

两个差役立即领命，请孟河重新坐上那把椅子，抬起就走。

孟河不断地阻止、挣扎，对着公主说："公主，事情搞错了，我有话对你说！"

两个差役对孟河说："公主怎么会搞错？哪怕真搞错，也变成对的了。我们快走吧！"

孟河没有搭理他们，还是冲着公主在说："公主，我有话……"

公主已经笑逐颜开，不断点头，说："是的，有缘就有话，我爱听，你说多少我都听!"

没等公主说完，两个差役已经把孟河抬走了。他们觉得自己不错，不问情由就把一个状元公抬在肩上了，只可惜上了绑。现在他们急着要让这位当日的朝野明星，回到应有的模样。晚一步，都不行。

孟河心里更着急，怎么一下子就钻在套里了，却不知道该怎么解套。麻烦大了。

人群中有两个老妇人对公主一笑，说:"公主，今年，算是找到了吧?"

公主嗔笑一句:"去，别多嘴!"随即一撩裙子，上了小轿。

这时，太阳已经向着西边的城垛偏斜。

二十一

　　京城中贯通南北的长街，叫"状元大道"。每届考出的状元，都会在发榜那天的黄昏骑马游街。这是朝廷的重仪、京城的盛事，又符合民间一睹风华的世俗心理，因此，很多人早就掰着手指在算日子了。

　　此刻，从南城门开始，到城北的宫殿，状元大道两边已经挤满了人。发榜处在状元大道的东边，附近有一个国子监别院，今天专供状元在里边更衣、鞴马，然后出发游街。

　　别院旁边又搭了一个临时的大布棚，那是让榜眼、探花和其他上榜考生更衣的。大布棚里人很多，那些上榜考生的书童、随从、亲友都在欢声笑语中忙碌着。所有的人都会不时看一看别院的门，那是状元更衣的地方，门紧闭着，无声无息。过一会儿，状元出门，满街欢声雷动，而布棚里的这些上榜考生就要跟在状元身后一丈远的地方，像随从一样行进。

　　状元要骑的马匹，已经拴在院子里。这是一匹高大的白马，驮着一架亮闪闪的金色坐鞍，现正悠闲地换蹄闲踏。一个专任马夫正用一把软刷子刷着皮毛。看得出，这马虽然高大，却性情温和。

与院子相连，就是大布棚外面的临时马圈，拴着十几匹矮马。这么矮的马平常很少见到，朝廷考虑那些上榜的考生多数不擅骑术，根据规矩又不能指派专任马夫，所以专门从朝廷马厩中选了一批矮马。矮马样子窝囊，鞍架朴素，与那匹状元马简直没法比。

昨天还是一样的考生，仅一夜之隔，一榜之贴，便天壤万里。大布棚里的那些上榜考生对于九州大地来说，也算光耀的了，但他们的笑容还夹带着一点酸涩，一次次偷看着国子监别院那扇状元的门。

"金河？"他们暗暗在心中发问，"以前怎么完全没有听说过这个名字？一路认识考生多多，也毫无印象啊。这个幸运儿是从哪里蹦出来的？今后可能少不了与这个叫作金河的官员打交道了。认命吧，恭敬地叫一声'金河大人，新科状元公金河'……"

大布棚里的上榜考生们这么念叨着，而在状元大道上，两边的民众更是在呼喊金河。

从南城门开始，人们都在高一声、低一声地呼喊着："金河！金河！金河！"

说不上崇拜。因为大家并不识字，也不知道状元的文章究竟好到什么程度。大家只是接受了一种迷信，觉得状元的名字是一种吉祥的符咒，多喊几声，可以为自己增加力量，扶正祛邪。

谁也没有注意到，状元大道的南端，那个古老而又颓弛的南城门外，急急走来两个流浪汉。这就是我们等了很久，孟河更是等得着急的两个人：金河和老丈。

从鲨市码头上岸后，老丈带着金河去看了那位伤科郎中洪神仙。洪神仙做了紧急处理后，安排他们在鲨市住了三天，观察疗效。三天之后，洪神仙直言，下一个疗程必须投靠那位号称"北国第一伤科"的佟太医。佟太医在哪里？洪神仙期期艾艾地说，在固寨。

"固寨？"这两个字让金河和老丈都吓了一跳。记得在船上，那些考生反对走陆路，其中一个理由就是怕遇到固寨匪帮，他们甚至怀疑金河是固寨的探子。堂堂佟太医，北国第一伤科，怎么会在固寨？

鲨市的洪神仙说："别问原因了，他是我的师傅，肯定在那里。治伤要紧，我写一封书函，他一定接待。"

固寨离鲨市并不太远，但进入颇费周章，要过很多关卡。洪神仙的那封书函，成了特别通行证。进得里边，见过佟太医，小心翼翼地住下，但眼前的一切让金河和老丈吃惊了。

出乎意料，固寨一点儿也不像人们想象中的土匪窝。金河和老丈睡过一夜之后，第二天早晨醒来，在窗口就看到村寨中屋舍整齐，鸡鸣豕走，一派安适。到了佟太医的诊所，竟发现有很多文人在那里喝茶、看书、下棋。佟太医处理了手伤之后，与金河和老丈聊了很久。

佟太医对金河说："听你刚才介绍，令尊大人是运送考生的船工。他有没有告诉你，考上的考生留京做官了，但没考上的考生却也很少坐船回家乡。那么，他们到哪里去了？"

金河以前就知道，落榜考生回乡的比例不大，却不知道不回乡的考生的去向。因此，他等着佟太医的答案。

佟太医回答道："落了榜，回家没有脸面，留京又生计无着，至少有二成，到我们固寨来了。这里的文人之多，足够开一个民间翰林院。"

这对金河来说，简直匪夷所思。老丈在自己的经历中倒是听说过有些落榜文人流入江湖，却不知道比例如此之大。

再问下去，才知道，固寨确实有一支能干的地方武装，保境安民。财富来源，除了正常的农桑外，也做很多巨商的保镖。当然，被外面说成匪贼，是因为还做一些类似于"智取生辰纲"这样的事。佟太医反复说明，固寨的武装，只劫掠贪官的黑金通道，从未对普通百姓打家劫舍。

老丈便问："劫掠贪官，为何没有惊动朝廷？"

佟太医说："贪官怕暴露，不敢报，而且，权力集团之间又互相有钳制。固寨的文人中有几个就做谋士，做内线，做通关。"

佟太医给金河安排的疗程是二十一天。金河和老丈还记得鲨市码头那个"小兄弟"孟河的约定，必须在发榜那天到京城榜前相见，一算，可能赶不及了。佟太医安慰道，固寨每隔几天都有人向京城出发，来来去去很快速。果然，已经咬到日子尾巴了，佟太医从首领那里要了一辆马车，向京城疾驰。

在马车上，老丈笑着对金河说："固寨，一个安适的小天堂，如果不考虑名声，想不想到这里住一阵？"

金河说："我倒不在乎名声。只觉得这里好是好，可能长不了。文人太多，迟早会有麻烦。"

老丈说："现在还看不出来，每个外来人都很珍惜。"

马车到了京城，固寨的那个马夫下车向老丈和金河深深一鞠躬，就回去了。金河和老丈想拉他一起吃一碗点心，也没拉住。

但是，金河和老丈自己倒是饿了。坐了那么久马车，也颠簸得很累，就在城门外的一个露天小吃铺坐下，要了一盘煎饼和两碗现成的胡辣汤。

刚要下嘴，金河不由得站起身来。

因为一排排声浪从城门里边卷出来，那声浪分明是在喊："金河！金河！"

他伸头一看城里的大道，那就更吃惊了。呼喊这个名字的人，居然密密层层。

他连忙一把抓住店小二的手臂问："他们在喊谁？"

店小二说："哈，这是新科状元的大名，听说找了好久才找到的呢。很快就要骑马游街了，你等着看吧。"

这时老丈也放下碗筷站起身来，问店小二："你消息灵通，有没有听说，这个新科状元金河，是什么地方人？"

· 店小二说："我听客人们都在议论，来自南方一个很奇怪的地方，叫九狼——"

"九狼坝？"老丈问。

"对，叫九狼坝。那么一个地方居然还能出一个大状元！"店小二说。

"就是你了！"老丈在金河耳边说了一声。

金河被这一切搞糊涂了，表情木然地看着老丈。

老丈说："金河，不是别的金河，是九狼坝的金河，这个状元就是你了！"

"可是我根本没来考啊，您知道的。"金河非常困惑。

"有人代你考了，用了你的名字。"老丈说。

"代我考？为什么？谁？"金河更奇怪了。

"就是那夜和我们在一起的年轻人，孟河。"老丈说。

"孟河？那他为什么不用自己的名字？"金河问。

"她不能用自己的名字考，因为她是女的。那天她是扮了男装，我知道你没有看出来。"老丈说。

"女的？"金河大吃一惊，"您为什么不早说？"

老丈说："揭开自己的装扮，是她自己的游戏，也只有她有这个权利。如果由别人窃窃私语，那就把事情降低了。"

"但她为什么要代我考？"金河问。

老丈根据那天孟河在鲨市码头离开时讲的话，推测了原因。就像他的其他推测一样，几乎都对。但今天他感兴趣的已不是原因，而是这个女孩子一下就考上了状元，而自己考了一辈子都名落孙山。

"惭愧啊，我堂堂一个男子，又比她年长了那么多……"老丈反复叹息。

金河边听边想，几乎晕眩了。

我？状元？别人代考的？那人是女人？……

老丈突然从羞愧中醒悟。他拉过金河到一个没有人的地方，低吼一声："大事不好！"

"怎么啦？"金河问。

老丈对孟河有可能面临的麻烦做了推断，认为要设法把她救出来。

　　"怎么才能救她？……想办法，让她逃出来？"金河说。

　　老丈摇头："逃不了啦，过一会儿，骑马游行，全城都认识她了，能往哪里逃？再说，堂堂朝廷丢了一个状元，怎么会罢休？"

　　金河闭着眼睛想了一想，说："不要用计谋了，还是用君子之道。我到朝廷坦陈，真正的金河就是我，真正的状元却是她，把真相全都说明。然后，我自愿承受一切处置。好，就这样。"

　　他顷刻就下了决心，准备前去自首。

　　老丈跟上一步，说："我跟你一起去。"

　　金河说："何必搭上一个人去冒险？"

　　老丈说："我也算一个证人。而且，这么多年，我从来没有见过你和孟河这样的少男少女，真是两番奇行、双重壮举。我，愿意追随！"

　　老丈熟悉京城的路，金河跟着他。状元大道不能走了，老丈就选了一条西侧的麻石路，往北走。没走几步，又听到一片欢呼声："金河！金河！"民众有点不耐烦了，再一次催促状元出门上马。

二十二

孟河被那两个差役抬进了国子监别院。

几个侍者示意差役把状元坐着的椅子放落在照壁前，恭敬地搀扶孟河下椅子。然后，齐齐地走开一步，躬身作揖，喊一声"拜见状元公"。

领头的侍者挥手让那两个抬椅子的差役离去，轻轻地说了句："你们找到了状元公，快到值日处领赏银！"

那两个差役很高兴，又觉得两个人抬着一把空椅子走路太招笑，就把椅子和竹竿丢弃在墙角，拍拍身子走了。

侍者们轻手轻脚地把孟河引到北厢房右侧的一套卧室中，领头的那位说："状元公风尘仆仆，请先在这里洗漱一下，换上衣装，再用点小食，半个时辰后，准备骑马游街。我们在外面等候，屋里留两个小厮。"说完就退出了房间。

孟河一直想着趁机逃走，看来希望越来越小了。她打量了一下房间，左首有一个小餐厅，她刚把目光扫到那里，一位小厮就说："状元公什么时候用餐，我们立即吩咐厨房。"这时孟河真感到饿了，她正考虑吃点什么，眼睛却扫到了右首的一排红木衣架，上面已经挂着好几套状元袍。小厮顺着孟河的目光说："状元公如果想先更衣，我去安排洗漱。"说着就走向衣架后的一个边门。

"洗漱？"孟河有点好奇，就跟着走了过去。边门被推开，孟河怔住了。

这是一间考究的浴室，靠墙有两个炭炉，中间放着一个不小的檀木浴盆，已经放满了热水，蒸气缭绕。

这种檀木浴盆孟河很熟悉，妈妈生前说过，她离开富贵之家嫁给爸爸时，除了一船书，其他随身带的"嫁妆"不多，其中一项就是檀木浴盆。因此，洗澡成了母女俩在山村小院里的重大享受。平日买柴的数量，曾使打柴人吃惊，其实多半是为了烧洗澡水。今天这儿的檀木浴盆，比家里的大了一倍，形制一样，孟河感觉分外亲切。

更重要的是，孟河外出至今，还没有好好洗过澡。因此见到这热气腾腾的檀木浴盆，浑身皮肤燥痒起来，产生了强烈的一脱尘垢的欲望，尽管她知道自己并不脏。这种欲望一旦撩起就无法阻挡，孟河想，现在即使知道浴盆那边是死亡，也愿意投身。如果有两种选择，一种是洗澡之后干干净净地结束生命，一种是不干不净地苟活下去，孟河选择前者。

本来朝廷是考虑到状元袍高贵，穿上前应该"香汤沐浴"，才在这里安排一个浴盆。以前几届状元也就是在浴盆边上洗个脸，擦个身，然后立即换上状元袍，从来没有认真洗过澡。但今天对孟河来说，穿状元袍不是目的，洗澡却成了最高目的。原先一心想逃的，现在心思变了，觉得要逃也要先洗澡，舒舒服服洗个痛快澡。

两个小厮见状元公要用浴盆，就恭敬地忙碌开了。一个移过双翘凳准备侍候状元公脱衣，一个则取出一方乳白色的大丝巾准备给状元公裹身子。

看到他们的动作，孟河突然一阵脸红。她头脑里出现了自己当着这两个小厮入浴的幻觉，当然只是一闪念。她挥手让他们离开，然后关上门，闩紧。再走到两个窗子前，细看窗棂后面的石英片有没有漏缝。

一切都妥当之后，她抱了一会儿肩，便快速地把衣服脱掉，钻进了檀木浴盆。

这是震撼性的霎时回归。回归山区小院，回归妈妈身边，回归日落风起拨灯捧盅的一天终极。一切风华名号旌旗捷报，哪比得过关门闭窗檀木浴盆热水蒸气的氤氲环抱？一下水就想酣然睡去却又陡然惊觉，这是险而又险的悬崖顶端。顶端上，居然有一个檀木浴盆，不知边沿即是万丈深渊。

那就不酣睡也不惊惧了，先把身子浸透，再拿起浴盆边小架上的香胰子擦拭洗濯。然后从浴盆里站起身来，弯腰从浴盆外面的温水桶里舀起一勺净水冲洗，冲了一勺又一勺。

这就洗好了，跨出浴盆外，踏上木屐，用那条宽大的丝巾擦干身子。取过刚才脱下的紧身束胸小衣，套上，用力束紧，让胸脯平坦。再伸手取过挂在墙边的洁白棉质新衬衣，穿上。舒一口气，抬手整理一下头发——被剪成了男人头型的女人头发。

那套灰扑扑的风尘外衣就在手边，要不要套在衬衣外面越窗逃走？应该是这样，但已经不可能了。窗棂的石英片外频频有身影在晃动，而且，浴室门外分明已传来轻轻的呼喊声："状元公，时间不早了！"

孟河暗自叹一口气，拉开门闩，走出浴室，两个小厮早已取下两套状元袍等孟河选择。孟河无奈地看了一眼，觉得有点奇怪，天下的状元身材各异，为什么这两套却都靠近自己的身材？小厮像是要回答孟河的疑问，说："这是公主上午来特意选定的。两套中选哪一套，由您自己定。"

孟河拿起两件衣服比画了一下，选了一套瘦的。同样的身材，当时有不少人喜欢穿宽衣大衫来显现"派头"，而孟河做了相反的选择。

她一穿上身，刚扣一个扣，小厮就惊叫起来："太帅了！"

她在小厮的惊叫声中，戴上了状元冠冕。

这时，那个领头的侍者也进来了，他似乎有点文化，叹一声："嗬，真是玉树临风，潘安再世！"

孟河指着他说："不提潘安，他死得太冤。"

领头的侍者笑着答应，把孟河引向院子，扶她踏过一条小凳，上了那匹白马。

刹那间，锣鼓、唢呐齐鸣，两位马夫看领头的侍者一扬手，就牵着马缰出了院门。

院门外，欢呼声立即山呼海啸。

二十三

欢呼声突然轻了下来，变成了"嗬"的一声惊叹。原来，欢呼是一种模式，任何样子的状元出来都会欢呼，但今天民众就不同了，他们确实对新科状元的如此相貌缺少思想准备。

一个青春女子改扮男装已经足以让众人目不转睛了，何况这是一个绝色女子。民众还不知道她的真实性别，但已经在顷刻之间被一种无言的光亮吓着了。

欢呼声又从惊吓中释放出来了。很多民众就跟着白马跑，跑在后面看不见，便超前跑到了两侧，被差役们驱赶。差役分成左右两队，在白马两边行进。白马后面，是锣鼓唢呐队。

以前，锣鼓唢呐队走在白马前面，但后来有了一个规矩：凡是状元英俊的，锣鼓唢呐队要走在后面，好让状元直面夹道的民众；凡是状元相貌平庸的，就让锣鼓唢呐队走在前面，起一个掩饰作用。执行这个规矩，不必有谁下令，只由锣鼓唢呐队自定。今天的状元一上马，他们都知道自己该走在哪里了。

孟河骑着白马走在最前面，这匹白马走得温驯高贵，走得有板有眼，可见训练有素。

孟河看到大道两边有那么多双眼睛张得那么大，全都对着自己，十分慌张。自己究竟该是微笑，还是端庄？该是冷漠，还是深沉？说到底，这一切到底与自己何关？他们真在欢呼我吗？

我是孟河，又是金河。但是，金河在哪里？孟河又在哪里？这一切，被马一颠一颠，整个儿都晕了。她第一次置身闹市，已经立即明白，在闹市中，除了晕，还是晕。

孟河看到，眼前的人越来越多，越来越闹了。好像是到了一个集市，店铺密集，商摊很多。不少人对自己的欢呼已经到了非常过分的地步，有五六个妇女激动得流泪、跳脚，还要拨开差役的手臂冲近过来。还有两个，已经哭喊得快要昏厥过去，被后面的人紧抱着。这情景，很像是亲人猝死，或爱女远嫁。居然，如此极端的情感表达，都因为我？

从外貌看，这些流泪跳脚、哭喊晕厥、要死要活的人，可能多为文盲，并不识字，他们怎么会如此投情科举考试？也许他们是受骗了，但受骗怎么被骗到如此忘情？

记得小时候就问过妈妈："古往今来千百年，状元试卷里到底出现过哪些精彩的句子？"

妈妈回答说："一句也没有。"

"会不会漏掉了？"我问。

"不会漏掉。只要有好句子，哪怕是无名氏的，也都留下来了。"妈妈说。

突然，街市安静起来，路边的人也不见了。这又是怎么回事？孟河侧身问那个靠自己最近的马夫："这儿？……"

马夫恭敬地回答："这是到了六部，民众禁行。"

六部，孟河知道，这是朝廷的各个行政官衙了。一眼看去，高墙大柱，石阶红门，一个院子接一个院子，甚是气派。再往前看，过了六部，迷迷茫茫的，又是人头攒动，一片热闹。

就在这时，孟河向马夫轻喊一声："快停，落马！"

马夫一把拉住了马，两个差役上前把孟河扶了下来。

原来，在六部的两个院子中间，一个石狮旁边，站着笑眯眯的公主。

公主后面，左右又站一名侍女。三人艳丽的服饰，在石阶高墙的衬托下分外突出。

公主！刚才孟河还想到过她。她与她，刚见了一面，非常匆忙，但有一点直觉，似乎这位公主能救她。

现在孟河自己知道，风风光光之中，面临着巨大危险。女扮男装，其罪一也；冒名代考，其罪二也；考中了状元，其罪三也。这三罪加在一起，既嘲谑了朝廷，又讥讽了礼法，绝无从轻发落的可能。除非，上天突降一位贵人。

这贵人，会是公主吗？除了她，怎么可能还有别人？

孟河下马后抬起双手整了整冠冕，又放下双手掸了掸袍子，以示尊重。然后，潇洒地走到公主面前，拱手作揖。

二十四

"参见公主!"孟河说。

公主扬手把马夫、差役支开。正好这里没有民众,眼下只剩下了两个人。

"状元郎!"公主亲热地喊道。刚才听来听去都叫"状元公",叫"郎",孟河还是第一次听到。

公主说:"状元郎,你知道,你刚才骑在马上,下得马来,走在路上,有多光彩吗?"

孟河怕公主像刚才一样快速离去,便急不可待地说:"公主,我……我有非常重要的话要告诉您!"

公主一笑,说:"再重要,也没有我们相识重要啊。看你一急,更帅气了!"

孟河觉得在骑马游街的半道上插空停留,就不能讲究礼貌寒暄了,便把事情立即引到关键。她说:"公主,说实话,我本不是来考试,而是来找父亲的……"

公主立即兴奋地抢过话头:"你是说,你来找父亲的时候,顺便拐到考场玩了一把,就考中了状元?这真是:羽扇纶巾,谈笑间，樯橹灰飞烟灭！"

孟河也抢过话头，说："公主，没时间说笑了，我见到您也不容易，能不能言归正传……"

"好，我喜欢你的干脆！"公主说，"其实我更干脆，一露真相就会把你吓一跳。如果真要言归正传，那就别兜任何圈子，请听一句最简单的话：我洁身自好那么多年，这次终于看上了一个男人，那就是你！"

孟河一听，脑中轰然。已经是千重困顿，又加了一个更大的麻烦。

当麻烦压到极顶，唯一的办法是回归最简单的真相。孟河看了一眼身后全都因自己而停下来的马队，又看了一眼公主，横下一条不顾死活的心，轻声说出了迟早要说的那句话："我并非金河，也并非男子！"

"啊？"公主大惊失色，但她立即稳住了自己，扬手对着退让在十步之外的侍者说，"状元临时有事，后面的马队继续游街！"

说着，她把孟河引到石狮子后面的一个隐蔽处。她现在完全无法判断孟河所说的话，只是从小就对一切颠覆性游戏充满好奇。何况，眼前这个俊美的状元，说什么都好听。

这时两人听到，前面大街上的欢呼声又响起了。没有人告诉民众，状元已经半途脱队，因此大家还是对着马队欢呼。真假虚实，他们从来就不在乎。

公主几乎确认，状元也有点看上自己了，因此在给自己开玩笑。历来状元没有一个不想做"驸马"的，所以要说几句疯话作一点掩饰。文人心机，本公主早就摸透。

公主故意找这么一个狭窄的空间，两人几乎脸对脸了。她笑着撇了一下嘴，问："怎么，你刚才说自己并非男子？"边问，边要张嘴大笑。

她知道，要回答大笑话，只有大笑。

但是，公主刚刚张嘴却没有笑出声来。嘴还张着，却变成了惊愕的图像。

因为就在此刻，孟河完全回到了女孩模样。

只是浑身一松，立即就回来了，女孩的心情，女孩的体态，女孩的表情，女孩的声音。她把手伸向公主，而且，轻轻地握上了。

公主如遭雷击。

纯粹女孩的指掌直觉，无可怀疑地被公主感应，并立即贯通全身。

公主后退一步，说："这怎么可能？你真是女的，这怎么可能？这，你……"

公主终于恢复了判断力，双眼直视着孟河，口气中已经有点生气："这究竟是怎么回事？"

孟河想，该来的还是来了。那就直说吧，直说最危险，又最省力。

孟河说："公主息怒！公主，我不叫金河叫孟河，父亲二十年前上京赶考，从此音讯全无，母亲不久前也已去世。我到京城来找父亲，一个女孩子要远行千里，除了女扮男装，我没有别的办法。"

这话说得简明诚恳，公主仔细听着，情绪已经缓和。

公主说："女扮男装，那就女扮男装好了，为什么又冒名顶替去考状元？"

孟河突然激动起来，说："公主您不知道，那日进京途中，船行半路遇到了一场突发的大寒潮，两岸都是悬崖，那么多船全被严冰封在了江心，那么多考生眼看着都要被活活冻死了。就在这时，有个考生站了出来，一个人拿着斧子凿冰，救了整个船队！"

公主立即感叹道："哦，真是个侠义之士！"

孟河还在说着："可就是这个侠义之士，因为凿冰却把自己的手冻伤了，不能进京赶考，我就……公主，您说，要不要代他一考？"

公主脱口而出："要！如果是我，我也会代他一考！"

刚这么一说，公主就警觉自己表态太快，被眼前的这位女子给"绕"进去了。这事太大，自己毕竟是皇帝的女儿。她语噎了，但又为自己的语噎不好意思。

她若有所思地徘徊几步，才故意转移话题。

公主说："对了，刚才你不是说，出来是为了寻找父亲，你父亲在何处？"

孟河立即想起了老丈的推断，说："我想他早就考中了科举在京城做官，改了名字又重组了家庭。"

公主说："那好办，只要他在朝廷做官，我一定能帮你查出来！"

孟河说："谢公主！但我已经改了主意……算了。"

公主有点吃惊："算了？你不找了？"

孟河说："不瞒公主，我不找，并不是因为大度。"

公主问："那还为了什么？"

孟河有点语塞，在犹豫要不要说，但她不知为什么已经对公主快速建立了信任，便说："更重要的是，我一路上看那么多考生，实在太不像样。为了做官无情无义，还装腔作势。我父亲，多半也是这样的人，否则就不会'失踪'了二十年。这样的父亲，找着了反而恶心，不如不找！"

公主是一个近乎透明的人，极易受到正义的感染，听孟河这么一说，立即响应："一点不错，我见的这样的考生就更多了。要不然，我怎么到今天还是单身！"

孟河又一次握住了公主的手，说："公主，没想到您是这么好的人！我已决定，不再要父亲。反正，从小过惯了没有父亲的日子。"

公主顿生敬佩，说："咳！你为何不是男子汉，为何不是大丈夫！我苦找多年，就在找你这样的器宇轩昂、堂堂正正！"

说完，公主又退后半步，从头到脚看了看孟河。

孟河被她看得害羞了。

公主说："我在想象，你改穿成女装的样子。好了，你不找父亲了，我也不找驸马了，两个女人干干净净成为至友，那有多好！"

孟河问："公主不成婚，皇上会同意吗？"

公主把嘴凑近孟河耳边，轻声说："父皇由着我。他在我母亲死后不知道该做什么，只是任由大臣们安排一天天过。偶尔，会让太监传几句话。"

孟河听了深感惊讶，说："那就是说，全听大臣的了。会不会奸臣当道？"

公主说："如果真有奸臣当道，那就好了，可以把奸臣除掉。现在倒好，就像那些墙壁上的砖，每一块都不好不坏，却互相咬在一起，组合成了一堵堵高墙，一堵堵危墙。谁也穿不过，谁也逃不了，这就是朝廷。"

最糟糕的不是奸臣当道，而是一块块不好不坏的砖咬在一起？太精辟了！孟河用又惊又喜的目光重新打量公主。

"如果由您拜相，一定经天纬地！"孟河说。

"正像由你出仕，立即遮天盖地！"公主说。

两个骄傲的女孩子，在路边石狮子背后，气吞山河。

孟河指着公主说："大道在婴，大雄在女。"

公主指着孟河说："大哲在乡，大邪在书。"

她们已经忘记了身后的大街，忘记了怪异的处境，像是遇到了多年未见的知己好友，打算继续讲下去。但是，一种沉闷的鼓声传来了。

公主一听就紧张了："不好，廷鼓响了！"

"什么是廷鼓？"孟河问。

"廷鼓就是宰相的迎宾鼓，此刻他应该已经站在相府门外，准备迎接你。"公主说。

"迎接我？"这下孟河也紧张了。她问公主，"状元游街，都要宰相迎接吗？"

"倒也不是。"公主说，"昨天晚上我在宫中遇见他，他听出我对你有很大兴趣，就把你当作准驸马了。"

"那怎么办？事情越闹越大了。"孟河很着急。

公主皱着眉头想了片刻，说："你赶快坐上我的轿子逃走，谁也不敢拦你。我再从这六部里边要一顶轿子赶快进宫，见父皇，找个借口把这件事情糊弄过去。"

"想到借口了吗？"孟河问。

"还没有。这事情太大，小借口还不行。只要你逃走了，我就可以耍赖，边耍赖边想主意。"公主说。

"那我怎么逃出京城？"孟河问。

公主立即来了精神，说："走一条我平日溜出宫去游玩的秘道。我会吩咐轿夫把你抬到东偏殿小门，那儿有好几道门禁，查得严。我轿子座位下有一套便服，你先换上。那套衣服你穿可能太短了一点，也太宽了一点，将就吧。穿上，你就成了一名打杂的下女，叩小门的门环七下，三下重四下轻，就有一位老大爷出来开门。出门后向北步行三十步到一个水闸口。拉下水闸口左上方的铁把手，再摇三圈，闸口就会开通。这时，你学鹧鸪叫，五声，就会有一条小船从闸口滑下，有一位中年船夫会与你对口令。今天是单日，用乙类口令，第一句……"

公主越说越快，完全呈现出她孩子气的一面，与刚才有关拜相的豪言判若两人。孟河越听越受不住，连忙阻止："公主，别说了，我记不住，也不会走这条路，太隐晦曲折了。还不如让我迎着廷鼓去对付宰相！"

公主说："这太危险了。"

孟河："我的马还在，我还是顺着状元大道去相府。公主，麻烦您再向皇上解释一下。越是堂堂正正，事情就越简单。"

公主："堂堂正正？……也对。那好吧！"

于是，两位女子从石狮子背后出来。孟河又上了白马，公主又上了小轿。

二十五

插叙： 这个故事说到这里又遇到了特别精彩的情节。

这次，孟河是要闯宫廷了。刚才她向公主证明自己是女的，只是轻轻握了一下公主的手，公主立即就感应到了。但现在，她怎么向年迈的宰相证明呢，何况边上又有那么多官员。唯一的办法，是坦然直言。这一定会让宰相大惊失色。紧接着，她还要说明自己不是金河，这又会使宰相感到自己正面临立朝以来最大的科举丑闻。宰相肯定没法处置如此大事，他的慌张、狼狈、不知所措，一定会让读者如见其人。

更精彩的是，真的金河也将在今夜与老丈一起去闯宫，向宰相说明实情。那就是说，这个夜晚宫廷里发生的一切，连平庸作家也会写得高潮迭起。既然这样，本人也就像上次，不掺和了。

我们还是避过这个激烈的夜晚，等待第二天太阳出来吧。

宰相被折腾得一夜未睡，当阳光照到大殿的时候，他喝了两盅差役递上的茶，用两个手掌抹了一把疲惫的脸，准备主持朝会。

　　皇帝照例不上朝，但宰相和大臣们也都只能站着，不能入座，大殿里也没有座。

　　今天站着的人很多，就连昨天刚报到的新科进士还都没有授予官职，现在也作为"见习官员"站在这里。这些人今天都靓装丽服，但神态谦恭，甚至畏怯，生怕第一天在大殿里有不妥举止影响他日升迁。仔细一看，其中不少人我们在冰河的船上见过，但他们都尽量躲在年长大臣的身后，让人看不太清楚。

　　皇帝不上朝，是因为自知对大事没有主张，又不希望让大臣们当场看出这一点，因此就让两个小太监进进出出传达他的话语。太监的声音飙得尖细、高远，又拉着长长的拖腔，具有一种巫觋的调门，使人无法清晰理解，却又无法抵拒。

　　皇上历来对大事说不明白，但对小事，却可以说得比较清楚。昨天晚上公主到父皇那里缠了很久，好说歹说，只是要他把孟河、金河的事看成"小事"。

　　公主取得了巨大的成功，改变了整个事件的走向，由悲剧变成了喜剧。

　　大臣们来上朝的时候听说昨天晚上发生的事情，神色都有点慌张。科举的事，说大了关及社稷之本，说小了也关及每个大臣站在这里的资格。因此，今天连宰相也不太自在，平日他总是从一开始就执掌着朝会的话语权。这个案子可以重判，但他年事已高，即将退休，不希望再下狠手。何况，他昨天晚上已经盘问了孟河和金河，觉得可以从轻发落。但如此大事从轻发落，并无先例。因此，他一次次用眼睛瞟向那条甬道，希望"传旨太监"赶快现身。

终于，"传旨太监"慢吞吞地踱着方步走出来了。按照宰相和大臣的心理，他应该飞奔而来。

传旨太监在众目睽睽之下顿了一顿，用脆糯的嗓音说："皇上有旨，那个女孩子和小男生在考场上调皮捣蛋的事，群臣可以议论几句。"

"女孩子和小男生？"

"调皮捣蛋？"

"议论几句？"

宰相和大臣们糊涂了。

皇上究竟是什么意思？

很长时间，大家都不发声。大臣们倒是不太在乎皇帝的说法，而是在寻找切入口。同样一个事情，从何处切入，大不一样。这个事情，朝野最大的兴趣点是那个女孩子，但是……

终于，那个历来被认为"朝中第一谋士"的御史大夫站出来了，说出了大家心中的"但是"。

御史大夫说："不能把话题落在那个女孩子身上。如果落在她身上，人们会问，全国书生怎么会考不过一个女孩子？难道考官有诈？但看过状元试卷的考官多达二十余名，难道都没长眼？如果承认她确实考得好，那么，朝廷不让女子参加科举考试的国策是否要推翻？因此，切入口万万不可放在她身上。即便朝野对她感兴趣，也不可。"

宰相向来与御史大夫关系不好，但这次却点头了，同意御史大夫的看法。他补充道："把切入口放在她身上也放不住，我昨天晚上与她长谈了，发现她考状元完全不是为自己，而是为了拿下这个头衔送给别人。如此落拓潇洒，若要治罪，民心难服。而且，民心总是偏向于弱小，偏向于美丽，她都占了。"

几个大臣都轻声问宰相："她美丽吗？"

宰相说："很美丽。"

"因此，"御史大夫把自己的结论说了出来，"我们必须避开她，就像没她这个人。只抓住那个男的做文章，说他名为金河并没有参加考试，却占了状元之名。"

一个大臣说："这就有罪名了，作弊！"

几个大臣附和："对，作弊！作弊！"

宰相说："定他作弊，却不能牵出那个女孩子孟河，那何以为证？"

几个大臣面面相觑："是啊，何以为证？何以为证？"

还是那个御史大夫。他走出一步，说："我想过了，这次不要证人，只要证据。证据就是笔迹，让那个金河当着大家的面留下笔迹，然后再与状元试卷作对比，由刑部的笔迹鉴识郎中鉴定后报大理寺，定为殿试作弊。"

宰相说："看来这是唯一的一条定罪之路了。但遗憾的是，金河不能留笔迹。"

"不能留笔迹？为什么？"御史大夫问。

宰相说："他的手残废了。"

御史大夫问："什么时候残废的？"

宰相说："刚残废。"

"刚残废?"御史大夫和众大臣很惊讶。

宰相就把金河凿冰受伤的事说了一遍。

那批新科进士一听,知道事情与自己有关,却不知道那个凿冰人已经残废。他们又惊又愧,把脸藏在别人的身后。

"顺便说一句,"宰相说,"那个女孩子孟河,就是因为目睹金河因救人而残废,一时感动,代他考试的。"

这下,整个大厅都肃静了。

似乎有人想说话,但刚想开口又咽回去了。

幸好甬道上又传来脚步声。

传旨太监用又尖又高的声音说:"刚才,皇上听到了宰相的介绍,嘴角轻轻抖了一下。"

"抖了几下?"宰相问。

"一下。正要抖第二下时,他开口了。"太监说。

"皇上有什么旨意?"宰相问。

"请听旨——"太监的这个拖腔特别长,那批新科进士一听,膝盖一软就要往地上跪,但一看大臣们都站着不动,也就站住了。

太监传旨道:"从即日起,全国各州府的远航船只,必须配长柄长刃之斧,朕赐名此种斧子为冰斧。即便非结冰之季,无凿冰之用,亦一律称作冰斧。命工部营缮司将冰斧之名正式列入当朝百器简目,位于其他诸斧之首。"

工部尚书大声应道:"遵旨。"

其他大臣小声地重复着:"冰斧,冰斧,冰斧。"

从此,中国有了冰斧。

皇帝果然显得奇怪，居然绝口不提朝廷大案，只说一把斧子，而且说得那么繁文缛节。

宰相一脸平静，他听出了皇帝对这一事件的态度。他斜眼瞟了一下刚刚还在大谈作弊的御史大夫，便扬首吩咐："传金河上殿。"

其实大臣们也听出来了。既然皇帝没把这件事当事，那就什么都好办了。大殿中的气氛，一下子就轻松了。

二十六

金河还是那副打扮。进殿后,一名小太监指了指他背上的斗笠,他不解其意。倒是跟在后面的老丈上前一步,帮他解下了斗笠,交给小太监。

自从他手伤之后,老丈一直寸步不离地跟着他,照应他。

金河上殿后第一个就向宰相行礼,他们昨天晚上见过面。老丈也向宰相行礼,他们昨天晚上也见面了。

金河在向大臣们行礼的时候,大殿的气氛更由轻松变得活跃。因为,其中很多人他都认识。

"何叔叔,是你啊!"这是他在称呼礼部侍郎。礼部侍郎后退半步,仔细打量,也终于认出来了:"金小弟,是你,长大了!"

"那年你还在船上教过我《孟子》。"金河说。

"你父亲还在船上?身体好吗?"礼部侍郎问。

"浑身是病,已经挂桨卧床了。谢谢何叔叔的问候。"金河说。

还没有与礼部侍郎说完,金河的衣袖又被一双手抓住了,那是中书令。"还记得我吗？我姓赵。"

"是赵叔叔赵公子，你在船上的次数最多了，怎么会忘记？"金河兴奋地说。

还有几个大臣朝金河走来。

宰相伸手一挡，问："你们这是怎么回事？"

那位姓何的礼部侍郎说："我们当年上京赶考的时候，都坐过他父亲的船。一次行船很多天，所以很熟。那时他还是个孩子。"

中书令插了进来："当时沿河码头间都流传着这样两句话——老金一桨千里程，载出京城半朝廷！"

宰相问："南北大河上船很多啊，怎么他的一条船能载出半个朝廷？"

中书令说："我们调查过，发现上他船的考生，上榜率特别高。有几次，整船都考上了，一个没落下。"

礼部侍郎又补充道："记得当时有一种说笑，如果金家的大船出一点事情，当年的科举就会换一批名字。"

礼部侍郎话音刚落，就响起了老丈的声音。

老丈在喉底"呵呵"地笑了两下，说："我没有看到一批名字，却看到了一批脸孔。"

老丈从宰相和大臣们的态度，知道今天的事情不会再有太大的麻烦，因此全然放松。他的年龄，又为他的放松提供了理由。他快步走到大臣们的背后，看着那批躲闪着的新科进士，说："诸位新科进士，怎么，才一个月，就不认识我和金河了？我们想来祝贺，你们却躲在背后，连招呼也不打一个！"

几个新科进士躲不过了，只好期期艾艾地出来，大幅度地打躬作揖，却一直不抬头，口里在含含糊糊地解释："我们辈分低，不能站在前面，不能站在前面……"

尽管不抬头，我们还是认出来了。长相像仙鹤的，像松鼠的，像公鸡的，像睡猫的，像绵羊的，都在。他们身后的几个，看上去也眼熟。他们全部考上了。

老丈说："果然，都在。这是我们第一条船的。后面是第几条船的，请报一声，让我老丈听听。"

"我们是第二条船的。"声音不响，却很清楚。

"我们是第三条。"

"第四条。"

"第五。"

"第六。"

……

声音越报越轻，越报越快，越报越短。

原来，大殿的这一角密密麻麻一大片，都是新科进士。

老丈抬头看了一遍，随即转身，走到宰相面前，说："宰相大人，您知道，我是金河的陪伴，又与这些新科进士同行。在这里，能向他们提几个问题吗？"

宰相说："请。"

老丈谢过宰相，又向新科进士迈近几步，开始提问。

他说："我想问诸位几个问题。"

"第一个问题，如果金河不凿冰，你们之中，会有一个人活得下来吗？"

新科进士鸦雀无声。老丈早就知道，他的每一个问题，都不会有人敢于回答。

"第二个问题，金河凿冰，你们都看到了，但有哪一个帮过他一把？"

"第三个问题，船到鲨市，你们全都得救了，但有哪一个曾经回头看一眼已经严重冻伤的金河？"

"第四个问题，当初金河提出了救命方案，你们全都对他造谣中伤，还质疑他是匪贼集团的卧底，对此，你们有哪一个做过一丝道歉？"

老丈在提这些问题的时候，满殿大臣已渐渐挪步，与那批新科进士拉开了距离，而且都把脸转向他们，眼神越来越冷峻。

等到老丈提完第四个问题，站在前面的礼部侍郎和中书令狠狠地跺了一下脚，还深深地叹了一口气："咳！"意思是，这么一批人全都成了新科进士，朝廷实在看走了眼。

跟随着他们，其他大臣也都跟着跺脚。这些大臣的职位都不小，例如吏部尚书、礼部尚书、户部尚书、兵部尚书、太仆寺卿、光禄寺卿等等。那么多双朝靴跺踏在大殿乌黑油亮的金砖上，声音十分响亮，让新科进士们不寒而栗。其实，大臣们跺脚，更有另一番用意，那就是上一代官员对于下一代官员的鄙视和拒绝。鄙视得很彻底，拒绝得很坚决。

宰相也跺踏了几下，便问："金河在哪里？让他与大家说说。"他抬头寻找。

金河觉得自己的草草衣履与大殿的风光格格不入，就在老丈向新科进士提问时悄悄后退到了墙边。他，受了那么重的伤，赶了那么远的路，昨天晚上又没怎么休息，实在太累了。这下听到宰相点了自己的名，也就站了出来。

老丈赶过来几步，与他站在一起。

宰相看着金河，问："金河，刚才皇上命名了冰斧，其实也是首肯了你的凿冰之举，你高兴吗？"

金河说："高兴。"

宰相说："你救了那么多人，有功。你可以提出要求，朝廷能为你做点什么？"

金河说："只有一个要求，那个借我名字考上了状元的女孩子，你们千万不要为难她。如有可能，能否请她到这里来，我很想见她一面。"

宰相说："女人上殿，有违礼制。这样吧……"

就在这时，一个声音把宰相的话打断了。

二十七

"谁说女人不能上殿？武则天上殿十五年，我每个月都上殿！"一听就是公主的声音。

公主确实每个月都上殿。她一出来大家都开心，今天也不例外。

群臣都开始微笑，而那批新科进士则是第一次见到公主，发觉她这个人连衣带裙钗都散发着自由和调皮，惊诧莫名。他们以前没有想过，公主应该是什么样的，但眼前出现的形象，还是使他们不敢相信。因此，都睁大眼睛逼视着，就像一群傻瓜的雕塑。

公主对这种目光很熟悉，朝中百官初次见到她几乎都是这样。她随即扭了一下自己的身子，大大咧咧地调笑起新科进士："怎么样，看够了没有？本公主也算得上艳光四射吧？"

"但是，天下美色最怕比较，男人目光最不牢靠。"公主抬起手臂指着新科进士，顺便横扫了一下大臣，说了下去："等着吧，过一会儿，你们再也不会看我了。那个人，着男装时已经把我迷死，可恨是个女的。从昨天晚上到今天早晨，我已经想了一千遍，她穿着女装出来会是什么样子，不管怎么想都想不出来。现在，我等得比谁都着急。宰相大人，请下令吧！"

宰相还有点拿不准，问："传她？"

公主说："还等什么？快！"

宰相环视了众大臣和新科进士一圈，他看到了公主抛出的悬念所燃起的火焰。

宰相终于仰起脖子，准备高喊一声，但实际吐出的声音却是软弱而平稳的："传孟河上殿。"

女装的孟河一出现，满殿的大臣和新科进士像是被一阵旋风吹拂的庄稼，全乱了。金河和老丈，反被他们挤到了后面，只能从众人脖子的缝隙中寻找和辨认孟河。孟河当然看不到他们，这么多的陌生人中间，她第一个认出的就是公主。

她忘了自己的服装已与昨天大不相同，只像老朋友一样走到了公主面前。正待行礼，公主反倒后退一步，然后冲前一步把她抓住，说出了几句很见文化功底的话。

"你啊你，扮男人太像男人，做女人太像女人！怎么说你呢？昨日潇洒如泼墨山水，今日柔丽似柳下古琴。"

说到这里，公主又扬起拳头向孟河的肩头捶去，捶得又快又轻，口上却是一连串的念叨："你太烦人！你太烦人！你太烦人！……"

到这时，孟河才从一个多月装扮男人的心理中彻底逃了出来，返回女性，羞涩地叫了一声："公主……"

奇怪的是，一回到女性，这么一叫脸就红了。

公主调皮地回叫一声："孟河姐！"她把重音放在"姐"

字上。

公主一调皮，孟河的调皮劲头也调动起来了，说："你怎么叫我姐？我们还没有比过年龄呢！"

公主斜眼扫了一下周围，说："不能在这么多男人面前比年龄。反正，论学识，论勇敢，你都是我姐姐！"

说着，她又把孟河拉过一边，凑近脸咬耳朵了。那神情，完全是两个地地道道的女孩子。

女孩子说悄悄话，一是啰唆，二是快速。

公主说："昨天晚上，我为父皇点了三支他最喜爱的沉香。这沉香一点，他就眯起眼睛着迷了，不再有任何火气，说什么他都点头。但这三支沉香是我的私箱珍藏，去年一个看上我的外国王子送的。我闻了闻，收下了，却不要那门婚事。你知道为什么？一是那人胡子太大，毛茸茸有点怕人；二是浑身有一种奇怪的香料，一靠近就有点头晕。但他送的沉香却无与伦比，父皇几次要，我不给，昨天有事，才去给他点上。"

像一切女孩子讲悄悄话一样，越是发现别人注意，便越有表情。公主非常满意自己当着群臣的面却又可以完全不在乎他们的自在状态，说得更来劲了。

她说："三支沉香，一支接一支点燃，燃得不见明火，只有香气缥缈。点燃第一支时，我极言你的惊世才华；点燃第二支时，我极言你的助人情义；点燃第三支时，我极言我们之间的一见如故。三支点完，父皇一笑，只问，她真是女的？她尚未婚配？由此可见，小妹我已经不辱使命，姐姐你已经化险为夷。"

公主讲完了，露出一个非常得意的表情。然后，又补加了一句："说不定有太监来传颁父皇的旨意。你要有思想准备，这种旨意一般都听不明白，不要紧，反正对你无害。……可不，你看，太监已经走过来了。"

传旨太监走到大家眼前，不疾不徐地说："刚才皇上要我传达八个字：女大当嫁，满朝挑吧。"太监说完就快速转身离去，不作任何解释，也不接受任何提问。

宰相看着太监的背影，感叹一声："这就是皇上的高明。说一句费解的话让大家猜，猜对猜错看各自的造化。他说女大当嫁，是说公主，还是孟河？他说满朝挑吧，是让满朝挑女子，还是让女子挑满朝？大家揣摩吧。只有一点可以肯定，皇上不追究孟河了，只让孟河赶快成家。当然，也可能是顺便提醒公主，赶快成家。"

御史大夫又要发表不同的看法了。他说："宰相大人也许把事情说复杂了。皇上说女大当嫁，一定是指孟河，而不是指公主。公主是他自己的独生女儿，谁娶了公主就成了皇家成员，朝中任何一个男人都在渴望，怎么可能反过来，让我们去挑选公主？既然不可能，那么，皇上下旨让全朝文武来挑选的，只能是孟河了。请宰相安排一下，吩咐差役搬来殿门口的云门台，叫孟河站在上面，文武百官可以一个接一个地仔细观看，哪一位如果看上了孟河，还要说明一下，究竟是让她做头房夫人、二房夫人，还是三房夫人？……"

御史大夫所说的云门台，是大殿门侧一个精致小木台，据说很有神性，有几次国内某地大涝、大旱，只要请法师在云门台上舞动拂尘做一会儿法事，灾害便能消除。因此，这个平日无用的小木台，就一直放在那里，没让搬走。现在，几个差役听御史大夫提起，就以最快的速度把云门台推进来了。

二十八

"等一等，御史大夫！"这是公主悦耳的声音，表情中，充满了揶揄，"请原谅，我比较笨，听你的话有点吃力。你刚才，好像是在说，我父皇下旨，让孟河站上云门台，供你们这些官员挑选，一旦被选中，就要带回家去做第二房、第三房？"

御史大夫很尊重公主，见公主要与自己对话，受宠若惊。他连忙点头，说："是这样，确实是这样。孟河如果被哪位新科进士选中，而这位新科进士又恰巧在家乡还没有成婚，也没有订婚，那么孟河就可以做他的头房夫人了。但是，新科进士初入官场，事事掣肘，要做好丈夫是不容易的，因此我看不如嫁入大臣府第，虽然排位在后，但老夫少妻，分外恩爱……"

他自己显然已经看上孟河，说得容光焕发。但是，他的言辞被粗暴地喝断了："放肆！"

公主终于忍不住了，厉声说："你们，也太狂妄自大了吧？也太大言不惭了吧？也太厚颜无耻了吧？请你和大臣们抬头看看这位孟河，论姿色，远超你们的梦想；论学识，可做你们的师长。好好崇拜吧，仰慕吧，自卑吧，自嘲吧。至于你们中是否也藏着一两个值得孟河姐多瞟一眼的人，那也要全体排队，恭恭敬敬地站着，让她来巡视、检阅一遍。但我估计，值得她多瞟一眼的人在你们中间并不存在。而且，在孟河姐巡视的时候，我还要陪在身边，怕你们的眼光不干净！"

公主的话虽然过于辛辣，但由于她是针对御史大夫的，这让宰相抓住了机会。宰相就顺着公主的口气说下去了："公主的批评，切中要害。御史大夫虽然年事已高，但依然春心勃发，常常产生非分之想，请公主宽恕他。现在遵照公主的吩咐，本殿百官将排成多层队列，请公主和孟河小姐巡视。我就不入列了，请御史大夫排在第一，荣任挑婿首席候选人。"

宰相对自己的这番机锋言辞非常得意，说得嘴角衔笑。他随即对着群臣发布号令："立正！二十人一列，以朝靴为线，全部排齐；列与列之间，面对面站立，空开五尺，便于巡视；巡视之时，谁也不准挤眉弄眼、忸怩作态；特令礼部派出五名司仪官立即检查队列仪容，不得稍有延误！"

宰相话音刚落，大殿一片混乱，很快又一片安静。五名司仪官本来就在殿侧值班，此刻便在一列列官员的队列间快速检查，指正冠冕，按缩肥肚，严守靴线，十分专业。

这让孟河着急了，在公主耳边说："千万不要让我巡视，我不想在这群人里挑选丈夫。赶快让他们停了，赶快！"

公主也用耳语笑答："你不想挑选，我还想挑选呢。大臣都认识，一个也看不上。我倒是想看看新科进士，有没有一个比较入眼。这事你有责任，谁叫你女扮男装先让我失去了方寸？现在算是我陪你，你陪我！"

孟河听公主这么一说，也就无言了。她虽然被逼，却也知道应该把公主掩护在后，便提一提长裙，开始悠悠然、施施然地徜徉。风风火火的公主陪着孟河，也提了提长裙，一起悠悠然、施施然起来。

麻烦的是，诸位大臣和新科进士虽然列了队，却没有遵守宰相的禁令，全都对着孟河和公主挤眉弄眼、忸怩作态。面对面的两排，都是这样。

孟河有点脸红，低下了头。这被公主发现了，便悄悄伸出手来，把孟河的手抓住。手是有表情的，这一抓就抓住了全部调侃、幽默、嘲笑，两个女孩子甚至没有互视一下，就把目光抬得很高。她们两人在这里本来就不需要仰视，只要平视，现在，平视也都变成了俯视。

从那个肥胖的兵部尚书开始，忸怩作态变成了低度舞蹈。他让肩膀和肚子表现出一种摇摆节奏，有明显的挑逗意思。人体的运动有一种直觉的传染性，站在兵部尚书边上的文官们也都不由自主地动起了躯体。公主和孟河只当没看见，但两人握着的手却暗暗捏了一把。

终于，看到公主很想见见的新科进士了。新科进士对于大殿空间还比较畏怯，又被"冰河事件"笼罩着，不知凶吉祸福，因此十分惶恐。

惶恐中是无法欣赏美色的，他们只看到两片彩色的轻云，从男人狭窄的峡谷中飘来。他们看到前面的大臣都有一些奇怪的动作，觉得自己也该动动。他们毕竟年轻，举手投足没有太多障碍，因而动作显得太大，又没有章法，活像一个个失智者。

"你看这些树，刚刚抽芽就长僵了。"公主对孟河说，"走路走累了想找一棵靠靠背、歇歇脚，都没法指望。"

孟河觉得公主的这个比喻很好。她从那晚冰船的经历，早已看穿了这帮新科进士，其实也看穿了前前后后多少代的进士和官员，因此她今天的神情比公主更不认真。她很想打消公主在这个圈子里挑选丈夫的企图，而打消的最好办法就是调笑。

她抬手指了指前面，对公主说："赶快走过这片歪树秧子，前面又有一排排老树桩子，那就可以让你靠靠身子了。"

不错，新科进士后边又是各部大臣和高官了。他们眼巴巴地期待着孟河和公主的到来，渐渐突破了朝靴线。巡视的甬道，已经非常狭小。

那五名礼部的司仪官早已急得大喊："分开！分开！你们也算是朝廷高官，怎么一见美女就挤成这个样子，成何体统？"

但是，大臣们还是不听，越挤越紧。这已经是最后一列队伍，眼看孟河和公主很难通过，只能望而却步了。这让宰相很生气，觉得自己发起的巡视礼仪，不能在临近结束之时就被堵塞掉。于是，他直着嗓子下令："分开！让一条路出来！"

他的声音有一种颤抖的撕裂感，这让所有听到的人都感到害怕。这种声音，能让闹市肃静，流氓止步，蚁蝼逃奔，虎豹隐身。现在，那两排挤在一起的大臣队列，也霎时分开了。

分开，就看到了终点。终点，是宫殿堂皇的大柱，直达殿顶。大柱底部，站着一个白须白发、棕袍宽大的老人。大家早就认识他了：老丈。紧贴着老丈，一个麻衣男子靠着柱子，疲倦地坐在础石上。大家也已经见过：金河。已经第二次了，他总是躲在人群后面。

"金河！"这是孟河清亮的声音。她也顾不得公主了，拽着长裙向着柱子奔跑而去。她边跑边说："你怎么躲在这里？让我找了那么久！"

孟河对金河那么亲热，但金河对于一个女装的孟河还非常陌生。他站起身来，却还是紧靠着大柱。

"你，真是孟河？真是那个背着画轴找父亲的小伙子？真是那个整夜都用布带拉着我凿冰的小伙子？"

老丈接过话去，笑着说："你还可以问下去——你，真是那个看到我受伤立即赶到京城代我考试的孟河？真是那个用金河的名字考取了头名状元的孟河？"

全场静默。

金河终于又一次开口了："孟河，你的美丽，让我不知所措。"

二十九

为了回答大殿里那么多双饥渴的眼睛，更为了回答自己出门至今的奇异经历，孟河选择了最简明的答案。

她用很轻，但大家都听得见的声音说："金河，我想成家了。"

这么简单的语言，在聪明的男女之间，不必作任何解释。但金河还是觉得来得太快，将信将疑地看了一眼老丈，老丈朝他点了点头。

金河就转脸看了一会儿孟河，说："我今后恐怕只能撑船为生，做一个最普通的船夫。"

孟河立即回答："那我就做你的船娘，我会做得很好！"

金河说："我的手已经不能写字了。"

孟河说："反正我已经在考场上代你写过一次了，以后，可以再代下去。"

金河笑了，说："不管怎么说，你也是一个考上状元的人啊，怎么能……"

孟河笑答："那你以后多听我的话就是了，还得天天向我请安。"

金河说："其实，做船夫、船娘，写字的机会不多。"

孟河胸有成竹地说："这我想过了，办一个流动的私塾，收罗那些考不上科举的文人做教师，去教那些不想考科举的孩子，一路上游历山河，体察世情。都说学而优则仕，我们的招牌反着来，叫学而优不仕。"

金河说："好。那私塾的名字也有了，就叫'不仕班'。"

孟河随即抓住老丈的衣袖说："老丈，您就来做'不仕班'的主管吧。"

……

眼看三个外来人就要离开大殿，满朝文武也悻悻然地准备离去。

就在这时，那个传旨太监又出现了。他的声音还是那么尖厉而悠扬。

太监传旨道："皇上有旨，刚才接到座前密报，金河和孟河，已在大殿之中私订终身。朕觉得此事过于匆忙，应由双方父母决定。"

正准备离开的大臣和新科进士们一听，觉得似乎还有一线希望，又都留下了。

孟河和金河皱着眉头互视着，却传来了响亮的笑声，是公主。公主说："我长这么大，第一次听到父皇的圣旨竟然说得那么明白。"

宰相说："既然圣旨那么明白，那我们就要办得更明白一点。按常例，金河的家长会非常满意才貌双全的孟河，却不知孟河的家长是否会接受一个船夫做女婿？"

孟河不知道在这大庭广众之中从何说起，只是支支吾吾："我已经没有家长……"

公主立即接过话头，大声说："她母亲已经去世，她父亲肯定是考中了科举在京城做官，改了名字，另建了家庭。她的父亲，应该就在这宫殿之中，就在这些大臣之间！"

公主话音刚落，几乎所有的大臣都不自在了。他们几乎都有背叛家人的嫌疑，却又要夸张地表演出对孟河父亲的愤怒。而且彼此都在审视，用疑惑的目光查看四周每一个大臣是不是孟河的父亲，于是，大殿上一片混乱。

宰相说："这事应该不难查。只要提供年份、籍贯，我不信吏部就查不出来。"

公主立即阻止："宰相，孟河姐到京城后就改变了主意。她怕查出来会伤人，不让查了。"

宰相转向孟河，问："千里迢迢，孤身而返，能安心吗？"

"我代孟河姐回答！"又是公主，"千里迢迢，看清了太多太多的人，也推断了父亲的为人，不见反而安心。我倒要借此询问诸位大臣，你们中，还有多少人，有违良心，有悖天伦？"

公主话音刚落，大殿里再度响起整齐的踩脚声。这下反过来了，是新科进士在"踩踏"满朝大臣。这显然是一种报复，报复刚才大臣们用朝靴斥责新科进士们的冰河劣迹。新科进士毕竟年轻，下脚更有力度，啪、啪、啪，啪、啪、啪，越踩越有节奏，像是要狠劲踩扁大臣们的负妻、背家、虚伪、装腔。大臣们刚刚是在踩踏新科进士的一个晚上，现在，他们自己却被踩踏了十年、二十年、三十年。

有些大臣觉得自己不必低头蒙羞，也像没事人一样踩踏起来。但这次已是年轻人的节奏，他们怎么也跟不上。只踩了几下，就停住了脚。

宰相用手势压住了踩脚声，提高声音说："人间尚存良心，朝廷维护天伦。孟河小姐，既然你父亲就在这里，那我就准许你，当着大家的面，痛痛快快骂他几句。这对其他官员，也是教训。"

公主说："这是个好主意。骂，当场骂，骂他个劈头盖脸、翻江倒海！"

公主边说边把孟河拉到那个云门台前，说："站上去，每个官员的脸都看得见了，他们也都看得见你，你一骂，风卷残云！"

孟河看了看那个云门台，问公主："刚才有人说，这个云门台有点神力？"

公主说："是的，这是很多大法师作法的地方，每次都很灵验。"

孟河把公主拉过一边，附着她的耳朵说："我不想骂人，也不想作法，但我一路上都背着妈妈多年来凭记忆画下的爸爸画像，整整一个卷轴，应该给这个负心的爸爸看一看。我们家乡有一种呼唤山神地母的仪式，只要做一个简单的祈祷，山神地母就会认出他，把他拉到我面前。我想借这个云门台与他对话，但你们都听不见。"

公主很疑惑："别人都听不见的对话？"

孟河点头："对。"

"你会这种法术?"公主还是存疑。

"祈祷有咒语。"孟河说。

"以后能教我吗?"公主问。

"能。但你不一定能被我们家乡的山神地母接受。"孟河说。

"你的事情,总是那么神奇。"公主说。

三十

孟河踏上几级台阶，站到了云门台上。

她对大殿里眼巴巴地看着她的众多官员说："我不骂，只想与他说几句话，请他看几幅画。我说的话，你们都听不见，能听见的，就是我爸爸。我会祈祷家乡的山神地母来帮我，他们能认出他。"

孟河闭目低头，念了咒语。整个大殿，被一种神秘的气氛笼罩。

渐渐地，孟河浑身温热起来，感受到了家乡山谷的气息，连熟悉的鸟声都能听到。她知道，山神地母已经抵达，可以对话了。

本来她只想与父亲说几句话的，但突然改主意了。她觉得，应该先对母亲说。

"妈妈！"孟河在心底呼喊道，"他就在我眼前，密密层层官员中的一个。我知道他的年龄，已经不再年轻，但不年轻的官员也密密层层，而且都长得很像。我发现，新科进士彼此都不像，但到了中年，互相越来越像，全部变成了差不多的眼神、表情、声音、口型。因此，我不能根据你画的画像认出他。我有一百个理由去认他，却又有一千个理由不认他。但是，妈妈，尽管我知道他非常对不起你，尽管我们在心中责骂过他无数次，但今天请允许我，平生第一次也是最后一次，朝他喊一声：爸爸!"

这时，宫殿的穹顶下传来一个哽咽而又低沉的男人声音："女儿，我的女儿! 我就在这里!"

山神地母及时施展了神力。这哽咽而又低沉的声音，正是由锁定的那个男人发出的。

孟河早有思想准备，但还是惊异地环顾四周，问："这是你的声音吗? 好奇怪，与我想象的不太一样。但我能感觉到，这就是你。"

父亲的声音："我的女儿，你长得和我想象的也不一样。我想过几十种女孩子的脸型、身材，但没有一种及得上真实的你。远远及不上，远远及不上。生命的奇迹，居然会是这样。我，我没有福分拥有你这样的女儿。"

孟河说："你，知道一个女儿明明站在了父亲面前，却不能往前再走一步的心情吗?"

父亲的声音："你是怕我为难。你，完全是为了我……"

孟河打断他说："不，也是为了我自己，我怕失望。"

父亲的声音："对不起，我的孩子，我肯定会让你大失所望。"

孟河说："你真正对不起的，是妈妈。你难道从未想过，丈夫隐遁那么多年，没有一丝一毫消息，这叫一个已经有孩子的山村女人怎么过？而且，你不是隐遁于潦倒穷困，而是隐遁于锦衣玉食！"

孟河说得越来越气愤。站定片刻，平一平气，她转身取下背后的画轴，说："我要让你看一些东西。"

她解开轴套，取出画轴。画轴里卷的，是一张张单幅的人物画像。

孟河把画像放在云门台上，说："自从你离家到京城赶考，妈妈年年在画你的画像，凭着记忆，凭着信赖，凭着企盼。这是第一幅。"

孟河拿起第一幅，说："那时你刚走半年，画得很年轻。妈妈用的是工笔，眉眼嘴唇都十分细致。"

"前面几幅都是这样，但到第五幅，也就是第五年，笔触开始模糊了。"孟河翻出了第五幅陈示。

孟河又翻了几幅，取出其中一幅，说："这是第七幅，你脸部的轮廓，已经不太清晰。"

又一连取出几幅，排着展示，孟河只说："越来越不清晰。"

"这是你走了十年后，妈妈画你的画像。她故意用扇子遮住了你的半个脸，她的记忆碎了，但又像是不敢看你。或者，是你不敢看她。"孟河郑重举出第十幅。

"这一幅，连半个脸也没有了，只剩下了背影。下一幅，还是背影。背影，背影，大一点，小一点，近一点，远一点，都是背影。"孟河快速地翻动着画幅。

终于，孟河停止了翻动，举起最后一幅，说："这幅画的是一个古人，连笔法，也像一千年前的砖刻。这是妈妈画的最后一幅画像，她把丈夫交给历史，自己也就撒手红尘。画完这幅画后不久，她就去世了。"

孟河取出画像一幅幅展示的时候，大殿的官员们听不到声音，以为是按画像找人。大家把脖子伸得很长，看得很仔细，想发现哪一幅像哪个官员。看来看去，都不太像，又都有点像，甚至也有点像自己。但后来画像越来越怪异，他们也就放松了。

孟河听到父亲凄厉地长叹一声，然后颤抖着嗓门诚恳地说："女儿，这些画，能不能，能不能想个办法转给我？例如，打一个包裹，写一个暗号，放在吏部门房，由我派人去取？"

这下孟河回答得很干脆："不，这不属于你，只是给你看一眼。"顿了顿，又说："我和金河会到母亲坟头，将这些画像焚烧祭拜。然后，把灰烬撒在那长河之上。"

三十一

孟河、金河和老丈一起，又要上船了。

这次是离开京城南下。孟河还是背着那个画轴，金河还是戴着那顶斗笠。老丈兴奋地发现，船也是那条船。

原来这船在鲨市停留到大河融冰，就到京城来了，公主派人找到了它。还是那两个船夫，见了非常亲切，把他们三个都叫作"救命恩人"。金河凿冰的那把斧子，已用红绸系着，挂在船舱前方，舱板上还贴着一小块铜牌，刻着"冰斧"二字。

公主送他们到码头。

"你们一走，我又寂寞了。"公主依依不舍。

孟河拉着公主的手说："公主，我长这么大，看来看去，认准你实在是天下少有的善良人、快乐人，一个可以深交的人。我，真想一直和你在一起。但是，你的天地太堂皇，我们住不惯。"

"我也真想与你们一起浪迹江湖，但我想了多次，还是不敢。"公主说。

"我们也不敢。"老丈说，"我们四人感情那么好，但如果同船南行，我们三个忙坏了也侍候不过来，因为你从来没有离开过宫廷。你玩弄它，却离不开它。"

"照你这么说，公主只能嫁给宫中高官了。这也太悲哀了吧？"金河说。

"确实悲哀，裙带就是绑带。"老丈说。

这是孟河不愿意听的。她不允许那么可爱的公主落入刚才自己巡视过的那些官员之手。她跨出几步，又转身站定，看着公主。

公主也看着她。

孟河说："不！不能让公主留在这儿！公主，我想问一个冒犯天颜的问题。我已经开除了我的父亲，你的父亲怎么样？能放弃吗？我们都没见过皇上，这个人值不值得你一直陪着？"

公主一惊，很快就笑了。她说："我们那么好的朋友，没什么要隐瞒的，我也就直说了。按照一般标准，我这个父亲也不行，很不行。可以用八个字概括：故弄玄虚，迟钝无趣。你看那些圣旨，永远空空洞洞、吞吞吐吐。其实，他真是没有底气，没有水准。离开他，没问题，他也老催我嫁人。"

孟河一听，一下子笑了出来，说："行，那就把他也开除！我为公主想了一个夫家，就是那个胡子很大、香料味很浓的外国王子。你嫁过去，既保留了豪华，又割断了裙带，很靠谱。"

"靠谱？"公主笑问。

孟河点头，说："你要了人家的沉香又嫌弃人家身上的香，其实那是同一种香。嫁过去后如果感到孤独，传个信过来，我和金河可以过去陪你。你打听过了吗，那个国家有没有大河？

有大河，就有了我和金河的天地。"

对于这三位好朋友的离开，公主当作一件最大的事。已经
缠缠绵绵地道别好几回了，最后还亲自布置，执意要在码头举
行送别仪式。本来宰相已指示吏部隆重送行，被公主取消了，
她要自己操办。

公主命人在码头铺了很大的红地毯，远处有四十名仪仗卫
士整齐站立，近处有八名黑衣差役在两边跪送，他们都挂着金
色的绶带，那是迎送国宾的礼节。公主自己则一身长裙紫袄，
在八名黑衣差役的中间提裙躬身，膝盖差一点也要跪到地上。

孟河、金河、老丈站在船头，作揖还礼。公主的膝盖差一
点跪地时，三个人一起高叫起来阻止。

老丈在一片闹腾中轻声对孟河说："你看离红地毯右侧五
丈远的地方，还有一顶官轿，我估计，这是你父亲。"

金河立即说："不止一顶。你们往远处看，至少有十顶官
轿，在偷偷送我们。"

老丈笑了，对孟河说："看来，疑似你父亲的大臣很多，
自认你父亲的大臣也不少。你此行很值，逗引出多少负心汉！"

这就是今天河岸边的风景。一边，一堆官轿躲躲闪闪地停
在那里；一边，一艘木船爽爽利利地扬长远去。

尾语：到这里，故事也该结束了，但还有一个悬念让我们
牵肠挂肚。那个最善良、最可爱的公主，究竟会不会有一个像
样的婚姻？很难，我们只能在心中祝祈。

冰 河

（剧本）

第一幕　山岙

[舞台风格既不是现实主义，也不是古典主义，而是象征主义。但这种象征主义并不抽象，而是诗化。诗化的主要方法，是用简洁的梦幻，挑起巨大空间的强烈质感。]

[中国古代南方崇山峻岭间的一个小点，再简陋也掩饰不住惊人的美丽。]

[舞台中间是一条小河，直对观众席，河上有木桥。桥左岸斜坡上，有一雅致宅院，竹篱柴门。柴门口有几级石阶，下通河边小埠头。]

[木桥右岸，是悬崖，上有半座石凉亭。]

[夕阳方落，明月朗照。响起与月光相关的世界名典组接，尤其有贝多芬和德彪西的韵致，又渐渐融入中国民族音乐，并转向谐谑。]

[一位略胖而又身段灵活的妇女出现在凉亭上。这种灵活身段在古代让人快速联想到一种职业，那就是媒

婆。这位媒婆其实只有三十多岁，但她为了取得男女双方的信任，故意打扮得老成，像是五十多岁了。]

[媒婆抬头眺望对岸的宅院，再低头看着自己站立的凉亭，扭动了一下身体，一笑，好像有一个神秘的计划就要由她来实行。她听到了什么动静，随即转身向凉亭后面的草木掩荫处做手势，要那里的什么人先隐蔽一下。]

[媒婆扭动着身子过桥。在桥中央又回身看一眼凉亭，然后快速过桥，到宅院柴门前，轻叩。门内未应，便踮脚看向竹篱里边。]

媒　婆：（继续叩门。白）孟河！孟河小姐！是我！我又来了，开开门……唉，你还是不肯开门。

[媒婆在紧闭的柴门前打圈，步态、动作越来越急。]

媒　婆：（用强按的平静口气，白）孟河小姐，我做媒半辈子，从来没有遇到过这么多赶不走的男子，也从来没有遇到过这么一扇敲不开的小门。这么多男子，不是我引来的，是你的才貌招来的。千怪万怪，只怪你去年参加了那次淑女比赛，一时让多少男子变成了天天念叨你名字的傻子！这也不错，你可以一个个挑呀，难道还能像你母亲，丈夫失踪二十年，一直单身一人？现在你母亲的丧期已经过了七七四十九天，可以开门找个人成家了。要不然，一个人住在这山上，还不闷死？

[桥那端有几个男子相继伸头，媒婆示意他们继续躲藏。]

134

媒　婆：（谐谑地，唱）

　　　　寒山明月夜叩门，
　　　　孟河依然无动静。
　　　　知你眼界比天高，
　　　　因此带来六个人。
　　　　待选尚有一大批，
　　　　我已经挑了三天整。
　　　　挑得我脸红耳又热，
　　　　端的老树还萌春。
　　　　知你害羞不愿见，
　　　　且从门缝看凉亭。
　　　　看中哪个记个号，
　　　　明日我来听音讯。

　　　　〔媒婆唱罢，走到木桥中间，又对着宅院说话了。〕

媒　婆：孟河小姐，我知道，你一个黄花闺女面对那么多求婚者抹不下脸来，所以想了一个好办法。你在门缝里悄悄地看这边的凉亭，我让那些男人按照号码一个个站出来，让你看，让你挑，让你扔，让你丢。也不让你当面指着鼻子说要谁不要谁，你只要在门缝里记个号码，明天告诉我。今天晚上月光很亮，你眼睛好，看得清。男人嘛，看粗不看细，看细一包气，你不要太挑剔！好，你听着，我开始叫号了。

媒　婆：（喊）一号！（转身向着宅院柴门方向轻语，但轻得

冰　河　135

大家都能听到）你看这个，小身板笔直！

　　[应着媒婆的喊叫声出现在凉亭上的男子，故意挺身。转半圈，又一动不动。媒婆随即挥手让他退下。]

媒　婆：（喊）二号！（又向柴门方向轻语）看那胳膊！

　　[出现在凉亭上的二号男子扬起胳膊做力士表演。媒婆随即挥手让他退下。]

媒　婆：（喊）三号！（又向柴门方向轻语）那眼睛你看不到，水汪汪，能勾魂！

　　[三号男子张大眼睛，还转动了几下眼球。媒婆随即挥手让他退下。]

媒　婆：（喊）四号！（又向柴门方向轻语）这人武功十分了得！

　　[四号男子舞弄拳脚闹腾片刻。媒婆随即挥手让他退下。]

媒　婆：（喊）五号！（又向柴门方向轻语）这是真正的君子，见到任何人都弓着身子，走路就怕踩到蚂蚁！

　　[五号男子做弓身虚步状。媒婆随即挥手让他退下。]

媒　婆：（喊）六号！（又转身向柴门再语）读书人。一肚子都是书，吃下饭去也变成书！

　　[六号男子做学者状，双手背后，抬头看月，似有吟哦。媒婆随即挥手让他退下。]

媒　婆：看到了吗，一共六个，各有千秋……（她突然发现凉台上新站出来一个男子）咦，我怎么带来七个？真是老糊涂了。那就……七号！

［男子一身行者打扮，背着一个醒目的斗笠，浑身健康快乐。］

［六个求婚男子觉得自己已经展示过了，便整齐地站在这个新出现的男子后面。］

男　子：我不是七号，有名有姓，叫金河，金子的金，河流的河。是个路人：已站立很久，看热闹。（侧脸对六男子一一细看，又笑着摇头。六男子不知自己有什么毛病，有点惊慌。金河终于叹一声）如此求婚，不太斯文！

［金河说完，又转身向着桥彼岸的宅院柴门。］

金　河：这宅院里边，想必有一位高贵的小姐。你门也不开，听任这么多男子在这里卖弄姿态，这未免也太……我也想送八个字——门缝看人，有失厚道！

媒　婆：如此求婚，不太斯文？门缝看人，有失厚道？咳，你们这些小年轻，这事要听我的。求婚讲不得斯文，抢人讲不得厚道。

［边说边转身，发现所有的求婚男子都已经走了。］

咦，我正在给他们传授婚姻的至理名言，他们倒都走了！

［又对着宅院喊话。］

孟河，刚才这个自己冒出来的小伙子我看也不错，就算七号吧。明日我来听回音，你到底要几号？

［舞台复亮，还是前面的地点，但早晨来了。朝霞隐隐，山雀竞鸣。］

［响亮的门枢转动声，柴门开了，但只开了半扇。在观众的期待中，一头女孩子的长发慢慢伸出。女孩子的脸被长发遮掩着，她在东张西望，打量远近。］

［这就是本剧的女主角孟河。］

［孟河看到这清晨的山坳空无一人，便撩起长发甩在身后，大胆地走出门来。观众看到，这确实是一个美丽、聪明、自信的女孩子。］

［孟河上了桥，步行到中央。看看自己的宅院，再看看对面的凉亭，并走了过去。］

［到了凉亭，孟河想起昨夜之事，不禁捂嘴而笑。而且，又想起了那八个字。］

孟　河：（轻念）门缝看人，有失厚道！（摇头笑）其实，我一个人也没有看到。这门缝，不看人。

孟　河：（唱）

条条门缝归鸟声，
我不醒来它不停。
开门晨风三万顷，
依然深山不见人。
一脚回屋便关门，
妈妈走后墙更冷。
砚台干涸笔墨枯，
成堆画稿已蒙尘。
妈妈天天画爸爸，

二十年来未曾停。

爸爸究竟在何处？

妈妈要我不再问。

我问朝云朝云散，

我问夕阳夕阳沉。

既然苍天无一语，

不如自己出远门。

问路问碑问大雁，

问村问寨问老人。

沿着长河追旧波，

循着脚印找背影。

[后四句重复一遍。]

问路问碑问大雁，

问村问寨问老人。

沿着长河追旧波，

循着脚印找背影。

[唱完，环视晨曦下的山头，缓缓举起双手，合掌而拜。然后以手抚胸，向山神地母表述心意。]

孟　河：（须尽显优秀话剧演员那样的抑扬顿挫的道白功夫）
山神地母，我是孟河，你们早就认识我。我和母亲从前一有难解之事，总会求告你们。但今天，只有我一个人，母亲她去世了。
二十年来，母亲天天与我讲话，教我读书，只有一件事，我怎么问，她都不回答。有时想回答，又回答不清。但是，这个问题太重要了：我爸爸是谁？他到哪里去了？为什么妈妈不断画他？如果我找不到答案，那么，我的出身、我的血缘、我的身份、我的起点，都将混沌不清。媒婆想让我成个家，赶快成为谁的妻子，但我更想知道，我自己是谁？

所以，我现在就要出发，背上一卷妈妈画的画像，去寻找父亲。求告山神地母准许我两件事情：第一，锁门远行；第二，为了远行，扮成男人。

我求告过后，如果没有山风突起、乌鸦高叫、老枝断裂，我便视为已获得批准。

[说完道白，仰视期待片刻，再向群山拱手。然后，快步进入自己的宅院柴门，取一卷画、一个包袱和一把大剪子出来。把画卷和包袱搁在门口，只拿着那把大剪子，沿石阶下到小河埠头，做一组"剪发"的舞蹈造型。]

[舞蹈造型提示：似要下剪，却在河水里看到了自己的倒影，便像在镜子前一样撩甩起自己的长发。起身，在河边有一段女性味十足的秀发舞，然后戛然而停，欲断然剪发，转念放下剪刀，快速将长发梳成一个男子发型。一旦改发，身段、气质、背景音乐也立即改变。]

[她试音，由女声变男声，再用戏曲的声腔唱一句，自己满意。随即回到宅院，放好剪子，闩门。把画卷和包袱搭在一起，背在肩上，以男子的步伐豪迈地跨过木桥，穿过凉亭，下。]

第二幕　凿冰

[这一幕在设计上，需要展现几个巨大场景的转换。其中冰封长河、濒临灭绝的场景，应该具有包括观众空间在内的感官冲击力。]

[能使舞台转换而不致凌乱、宏大不致散逸的艺术定力，是歌队。本剧歌队参考古希腊悲剧舞台的歌队特点，男女歌者皆麻披垂地，以神圣、洁净的队列，作观察性、评述性、抒情性的演唱。歌队在需要时出现，不需要时消失，或退出灯光区。]

[这一幕的第一场景是通达码头的山道边。山岩森罗，坐着一个山岩般的老人，使别人不能一下子看出来。老人白须、白发，身穿棕色的宽袍，略似古希腊哲学家的石雕。但仔细一看他是一个地道的中国人，年纪最老的考生，人们都叫他老丈。所谓"考生"，是针对中国古代大规模的官僚选拔机制——科举考试而言。]

[金河上场，我们见过他了，昨天晚上在凉亭上"搅

局"，今天依然背着那个大斗笠。他看了一眼山路下面的码头，一笑，便加快了脚步。但突然又踉跄停步，因为听到了一个奇怪的声音在身边发出，刚刚他没有发现这里有人。]

老　丈：（浑厚的男低音，如天上之声）

　　　　上船有篷，为何还携斗笠？

金　河：（一惊，终于在山岩中发现了"山岩"，又觉得老者是在以"对对子"的方式打招呼，便笑着答道）

　　　　下雨无度，岂可依赖船楫？

老　丈：（立即追加一"对"）

　　　　跋山涉水，为何不带书籍？

金　河：（这下已经适应，便笑"对"）

　　　　咬文嚼字，怎如阅读大地！

老　丈：不错，应对得又快又妙。一眼就可以看出，你是第一次参加科举考试。

金　河：您怎么知道？

老　丈：从打扮，从眼神。

金　河：您太厉害了，确是第一次。请问老丈，您是……

老　丈：你也叫我老丈？别人也这么叫。这科举考试啊，我已经整整考了十七次，你算算，多少年了？五十多年了！一把白胡子，还没有考上。这是最后一次，再过三年就走不动了。

金　河：五十多年了？

　　　　[老丈点头。]

金　河：唉，从我的年纪，到您的年纪，一辈子都在考，也干不了别的什么了，这算怎么回事？值吗？

老　丈：（喉底一笑）不考，你我又能干什么？种地的人已经
　　　　够了。人生就是无聊，把无聊变成梯子，大家一级级
　　　　爬。

金　河：老丈，天地对您确实不公，但您，也不能太消极了。

老　丈：咳，以后你就知道了。

　　　　［老丈说完就闭目养神，不想把对话进行下去。金河
　　　　欲言又止，向码头走去。］

　　　　［灯光打亮站在舞台后侧的歌队。舞台的其他区位
　　　　暗。歌队开始对唱。］

歌队A：（唱）

　　　　上船有篷，为何还戴斗笠？

歌队B：（唱）

　　　　下雨无度，岂可依赖船楫？

歌队A：（唱）

　　　　跋山涉水，为何不带书籍？

歌队B：（唱）

咬文嚼字，怎如阅读大地！

[歌队隐退。]

[孟河上场。以男装迈大步，身背一卷画轴，连同一个薄薄的包袱。]

[她和金河一样，也没有发现岩石般的老丈。]

老　丈：（依然是浑厚的男低音）小姐，回家吧！

孟　河：（慌乱地发现老丈，心里虚虚地问）您说什么？

老　丈：你在模仿男人走路，但没有一个真男人会这么夸张……

孟　河：（更加慌乱）大爷，我一点儿也不夸张啊，您看！

[说着又以男人的姿态走了几步，但立即知道这其实已经承认了，便笑弯了腰。]

孟　河：（笑着直起身）大爷，您怎么这样聪明？

老　丈：我还知道你想要挤他们考生的船，但不是去赶考的。赶考不会带这么一卷画，而且你也不能考，因为你不是男子。

孟　河：那您猜我去做什么？

老　丈：（上下打量了一遍孟河，笑）一个女孩子独自改换装扮远行千里，只有一种可能，找亲人。

孟　河：（吃惊地后退一步）找什么亲人？

老　丈：历来有女子千里寻夫，但你那么年轻又那么快乐，只能是找父亲。

孟　河：（上前拉住了老丈的衣袖）请再说下去！

老　丈：（得意地）我敢肯定，你父亲是上京赶考，多年未归。你背上的画像，多半是你父亲的，好辨认。

144

孟　河：（愣住）我，难道真是遇见了仙人不成？

老　丈：我不是仙人，而是老人，大家都叫我老丈。一老，就见多识广。你看眼前这条长河，还算通畅吧，一个男人离家在外，不管是凶是吉，都不难传个消息。如果一直没有音讯，大抵已经改名换姓。

孟　河：（吃惊，急切地）为什么要改名换姓？

老　丈：乡间文人考中了科举，如果名次很高，就要在京城做官。在京城做官没有背景怎么行？最简单的方式是隐瞒自己在家乡已有的婚姻，成了某个大官的女婿。

孟　河：不是允许男子有几个妻子吗，为什么要隐瞒？

老　丈：可以有几个妻子，但也有大小之分。如果承认家乡已有妻子，那么，新娶的高官女儿就成了小老婆，那怎么会答应？因此只能隐瞒。怕家乡妻子儿女来找，就改掉了原来的姓名。

孟　河：这么一来，原来从家乡出发的那个丈夫，那个父亲，就在人间消失了。

老　丈：对，人间消失。

孟　河：京城却多了一个年轻高官、乘龙快婿？

老　丈：对，是这样。乡间妇女怎么可能远行千里去大海捞针？何况，官场的海，是天上的海，进得去吗？

（唱）：

飞鸟背叛了老巢，

远蹄忘却了石槽。

长河不见了归舟，

流岚放弃了山峦。

[孟河非常震撼，走开几步自言自语起来。灯光集中于她，舞台的其他地方收光。]

孟　河：（自语）京城高官？改名换姓？难道，我已经没有父亲？这事，我妈妈难道没有猜出来？……妈妈那么聪明，很可能已经猜出来了，那么，她一年年卷在这些画像里的，究竟是爱，还是恨？……

[孟河还是心存疑窦，转身问老丈。但灯光还是只集中于她。]

孟　河：大爷，会不会您判断失误？也许，也许——

（唱）：

飞鸟听得到家哨，

远蹄未忘却古道？

长河有帆影归来，

遥梦有炊烟缭绕？

[唱罢，孟河寻找自己的发问对象老丈。但是，当舞台灯光又一次射到刚才老丈坐的地方时，他已经不在了。正是在孟河自语自唱的时候，老丈已悄然离开。]
[孟河看了看前面的山路，没见到老丈的背影。她准备继续前行，又拿起了画轴。拿起画轴她又犹豫了，到底是往前走，还是往后退？如果老丈的判断不错，还有必要远行寻父吗？但如观众所愿，她，又迈开了

男人般的步伐。]

[孟河到了码头。]

[各地考生都在这里集中，人头济济。其中，又夹杂着不少挑担的仆人、背书筐的书童。]

[观众发现，昨晚凉亭求婚的那些男子，似乎也在。]

众考生：（轮唱、合唱）

上船了，上船了。

今天的日子很重要，

今天的天气不太好。

灰色的云，急急地飘，

扎脸的风，轻轻地叫。

九州大地选官吏，

万千书生路一条。

上船了，上船了。

今天的天气不太好，

今天的日子很重要。

全家的盼，多年的熬，

强忍的泪，夸张的笑。

个个考生都紧张，

岸上岸下在默祷。

[孟河等考生们鱼贯上船后，还在跳板边迟疑。终

于，她把画轴当作手杖一撑，上了跳板，没走几步却又踉跄了。幸好画轴的另一端被一只手抓住，这是金河的手。]

[这一系列动作，应以中国传统戏曲的身段功夫来表现。在普通演出条件下，舞台上没有真船、真跳板的图像。即便在充裕的演出条件下，也要以展示戏曲身段为主，变成一小段独舞和双人舞。]

金　河：小兄弟，第一次上船吗？怎么拿了这么一根手杖？

孟　河：（笑）这不是手杖，是画轴。

金　河：画轴？哪位丹青高手的画，值得你一路捧着？

孟　河：（连自己也不知道为何这么爽直）：这是我妈妈画的，画失踪的爸爸。

金　河：什么？你妈妈画的，画你失踪的爸爸？你知道这短短几个字，有多大的分量？你，连赶考也带着这卷画？

孟　河：我不赶考，搭个船，找爸爸。

　　　　[说着打量了一下金河。]

孟　河：你也是不赶考的吧？什么也没带，而且，样子也与那些考生都不一样。

金　河：很抱歉，我倒是去赶考的。你很有眼光，我确实与他们不一样。爸爸是一个老船工，一辈子都在船上，一批批地运送考生来来去去，今年病倒了，只希望自己的儿子也能去考一次。那是他的一个梦。

孟　河：（高兴）哈，你是去找爸爸的梦，我是去找梦中的爸爸。

金　河：好，小兄弟才思敏捷。我们一下子都知道了彼此的
　　　　秘密，该交个朋友了。我叫金河，金子的金，河流
　　　　的河。

孟　河：金河？（一笑）昨天晚上，你有没有经过一个桥头的
　　　　凉亭？

金　河：昨天晚上？桥头的凉亭？哈，我算是开眼界了，六个
　　　　傻男人，为了求婚，在月光下忸怩作态……咦，你怎
　　　　么知道凉亭的事？是六个男人中的一个，还是他们
　　　　中哪一个告诉你的？（对孟河上下打量一番，然后摇
　　　　头）你不在那六个人里边。但……

　　　　［孟河为了阻止金河盘问下去，便支开话题。］

孟　河：哦，对了，我的名字与你差不多，叫孟河。

金　河：也是一条河？

孟　河：对，也是一条河。

　　　　［正说着，金河突然抱了一下肩，抬头看天。然后，
　　　　急速走到船旁边，孟河跟着他。］

金　河：（惊叫）不好，寒潮，最大的寒潮！爸爸说起过……
　　　　［风声大作，一阵又一阵。舞台背景随之而变，一片
　　　　流动的浑浊之色，滚动翻卷着，铺天盖地。连剧场里
　　　　的观众，都会产生一种被裹卷的寒意。］
　　　　［众考生抱肩跺脚，跳起了表现寒冷的夸张舞蹈。］
　　　　［舞蹈变成雕塑般的慢舞。灯光照亮歌队。］
　　　　［歌队唱着考生父母亲的声音，略带哭腔。］

歌　队：（女声）

我说不去偏要去，
从小读书身无力。
风太冷，云太黑，
赶紧要加衣！

歌　队：（男声）

风如刀兮冰如戟，
离家远行却何为？
炊无火，居无壁，
老父暗自泣！

[考生们似乎听到了父母的声音，在慢舞中抬起头
来，把歌队当作了亲情所在。]

[金河也在抬头倾听，但突然看到了孟河低下头去。
孟河的父母都已隐潜于那个画轴，她紧紧抱住了画
轴。]

[金河走近她，拍拍她的肩。]

金　河：（指画轴）你父母的歌声全在里边了。你也要赶紧加
衣，这次寒潮来得凶。

[说完，金河又伸手试风，再急急地跑到船旁边观看
江面。然后用一个激烈的戏曲身段表现出他的紧张。
这个戏曲身段结束后，他站上了甲板上的一个木箱，
着急地招呼大家靠拢，他要讲话。]

金　河：诸位，大事不好，寒潮来了！江面很快会结冰，船就无法走了。光靠两位船夫的力量肯定不够，现在只有大家加把劲，一起划桨，在结冰前赶到前面的鲨市，就可以上码头走陆路了。我刚才在船舱里看到了，那里还有十几支桨。我们的船一领头，后面那么多船也能跟着得救了。

[考生一听，面面相觑。片刻安静，终于抢着发言了。]

考生甲：此事关及众人，必须大家表决，不能乾纲独断。

考生乙：到了鲨市，陆路怎么走？我坐马车怕颠簸，一颠簸就头晕，还怎么考？

考生丙：我带了十箱子书，都是为考试准备的，怎么在陆地上搬运？

考生丁：最大的问题是，走陆路会遇到很多盗匪。那些盗匪还会派探子出来，把路人骗过去。

考生戊：据我了解，从鲨市开始到京城，每个盗匪帮都在等待考生！

[所有的考生都对金河越来越警惕，后退半步。于是，针对金河的窃窃私语开始了。]

考生甲：是啊，他怎么知道这河很快会结冰？

考生乙：他怎么算出鲨市离这里有多远？奇怪！

考生丙：船上有多少人、多少篙，他怎么全知道？

考生丁：他不带一本书，光戴个大斗笠，是遮脸的吧？

考生戊：我们一船书生遇到这么一个歹徒，怎么办？

　　　　……

[就在考生们议论得越来越热闹的时候，金河取过一支竹篙去捅江面。孟河也跟着他取过一支竹篙，全场听到清脆的"嘭、嘭、嘭"的声音。]

孟　河：（大声）别闹了！河已结冰！

[所有的考生每人取过一支竹篙去捅江面，敲冰声整齐而又响亮。]

[第一声哭喊响起："哎呀，这下死定了！"]

[紧接着，一片哭喊声。渐静。]

考生甲：这冰，多少时间能融化？

金　河：至少半个月。

考生乙：半个月？那还不冻成……

孟　河：（抢着说）冰雕！一排排冰雕！

[哭喊声又起，伴随着冰上踢踏舞。请注意，与爱尔兰的踢踏舞《大河之舞》不同的是，此处的舞蹈有绝望感、挣扎感。]

[在考生的踢踏舞越来越激烈的时候，一个极为安静的形象破阵而入。他是老丈，正巧也上了这条船，上船后因年老体弱，一直在铺位上休息。此刻他慢步上场，从形象到节奏与全场形成强烈对比，成为全场关注中心。]

老　丈：这下大家不吱声了吧？结冰了，没赶到鲨市，全体死在一起了。我只能在死前问几句，刚才是谁在说，走陆路怕颠簸？

[众考生的目光投向考生乙。]

老　丈：又是谁在说，卸不下十箱书？

［众考生的目光投向考生丙。］

老　丈：（提高声调）又是谁在说，走陆路是为了接应强盗？

［众考生的目光投向考生丁和戊。］

老　丈：好了，我也不问下去了。这就是中国文人，满口胡
言，攻击别人，耽误时间，一起灭亡。现在再闹也
没用了，摆个冰雕的姿势吧，料理后事的时候也好看
一点。

［又是一片哭喊声。］

［唯有金河，还站在船头琢磨。突然，在极寒冷的天
际，出现了一个朦胧的月亮，冰河上反射出一道月光
倒影，就像一把长剑闪烁着银色的光。］

老　丈：（拉着孟河、金河）我们三个，离开他们，站在一起
吧，到时候也算冰雕玉砌！

孟　河：好，也算是冰清玉洁！

［三人站定船头。但金河俯首看了看河，又仰首看了
看天，终于有了新主意。］

金　河：（抓住老丈的手臂）：看到没有，这个月光的倒影，
像一把裁切的刀！一个笨办法，这冰，现在还结得不
厚，还能凿得开。

老　丈：凿冰？谁凿？

金　河：我。小时候见过爸爸凿冰，只不过那时候没有现在这
么冷。船上有斧子，船头外沿有一个站脚的地方，我
在那里一凿，让那两个船夫在后面撑篙划桨，就有可
能一步步向前移动。

孟　河：能不能让那两个船夫一起凿？

金　河：不行，今天太冷，容易冻僵，那两个船夫太弱，吃不消。而且，撑篙划桨也少不了。

孟　河：那我和你一起下去，拉住你。

老　丈：不能一人拉，我也下去。用一幅布带绑在你腰上，我们两边拉着。

金　河：好，就这样。我们的船如果凿开了，后面的船也跟上，多少人的生命！

［由此，舞台上出现了一长段金河独舞，孟河、老丈配合。其中有一段，孟河的舞蹈加重，变成与金河的对舞。这一整段舞蹈，风格应近似林怀民先生的"云门舞集"，并加入较多戏曲身段。］

［金河的凿冰舞，是对刚才考生绝望的踢踏舞的回答。他的舞姿，艰难、放达，展现一个男子在精神和形体上的终极奉献。正是这种舞姿，强烈地吸引了孟河。孟河此段的舞蹈，是中性偏女性。中性的部分呈现人类学意义上的赞扬，女性的部分呈现情感上不由自主的呼应。众考生在这一段落中处于反衬的地位，为了场面的转换和丰富，也应该为他们设计一些边缘化、偶人化的舞蹈。］

［请导演和演员注意，此段表演虽然没有情节和对话，却是全剧的关键之一。二十世纪前期在欧洲掀起的"综合戏剧"和"诗化戏剧"潮流，摆脱了传统戏剧的沉闷叙事，因舞蹈和音乐的大幅度介入而走向诗化。但舞蹈设计者又切忌在此段玩弄近似"舞蹈小

品"的花招，应力求此段舞蹈成为全剧的一个有机组成部分，而不能强调抽离性、独立性。]

[灯光是诗化的重要手段，应追求运动感、雕塑感，以追光的动态指挥为主，间用逆光、侧光、顶光，忌大平光。]

[音乐不能走响亮、激烈之路。时时须知这里是寒夜冰河、生命绝境，只是有人在抽丝求生。因为不是一人求生，而是牵动众人，因此又须小心翼翼。所谓"如临深渊、如履薄冰"，正是其中的一种感觉。但是，随着金河越来越劳累，越来越带有挣扎性质，音乐又可走强、走高，渐近摇滚。]

[音乐在孟河身上，有一种"大梦方苏醒，蓦见真男子"的渐悟过程。对于爱情，尚无正式进入。]

[金河已经劳累得难于支撑，但还在以更大幅度的动作支撑。]

[在舞蹈进行过程中，一道不亮的幽光，照亮歌队。]

歌　队：（女声）

　　银斧铮铮叩天地，
　　绝望之中还有人。
　　成败生死全归你，
　　这个男人是好风景。

歌　队：（男声）

凿出一寸进一寸，
寸寸都是新生命。
天堂之路窄又险，
地狱之门闹盈盈。

歌　队：（合唱）

满船喧腾霎时静，
只听寒冰破裂声。
别的男子在哪里？
举斧是个陌生人。

歌　队：（女声）

筋疲力尽真君子，
气息奄奄大生命。
斗笠布衣千里客，
冰河无语也动心。

[以上歌段，可重复演唱。]
[夜空露出曙色，鲨市到了。]

众考生：鲨市到了！鲨市到了！
[金河已瘫晕在一边。]
[居然有了鸟声。]
[众考生夺路上岸，满脸笑容。上岸时见到瘫晕在一

边的金河，只随口说声"辛苦了""谢谢"，便快速离去。好像绝命的灾难，又会追上他们。他们快速地逃离了昨夜。]

歌　队：（合唱，评判地。）

原以为壮举能溶心，
原以为至善能动情。
谁知诗文吞良知，
谁知瞬间即忘恩！
咳！……
走吧，你们，
走吧，你们！
争先恐后抢仕途，
一路脚印不可问：
昂首阔步上高阶，
昨夜是个什么人？

[老丈俯身扶起已经昏迷的金河。孟河走近。]

老　丈：（捧起金河的双手）啊呀，这手完全冻坏了！必须尽快治疗，否则，保不住。我陪他治疗，鲨市有一个有名的伤科郎中，我熟。

孟　河：（十分吃惊，把老丈拉到一边，不让金河听见）老丈，治疗要多久？

老　丈：我懂医，第一步至少要一个月，以后再一步步治。

孟　河：一个月，那你们两人都不能参加今年的考试了？

老　丈：我这么老了，考不考都一样。只可惜他……（附耳对孟河，但观众还能听得很清楚）他这手，即使治疗成功，这辈子可能也不能执笔写字了！

　　　　[孟河一听，猛然后退几步，又快速向前，一把抓住老丈，急问——]

孟　河：怎么，一辈子不能写字了？

　　　　[老丈点头。]

孟　河：（急切地）但他家里的父亲，那个病卧在床的老船工，还在眼巴巴地等他考出一个名堂来呢！

　　　　[老丈无奈摇头。]

　　　　[孟河蹲下去看着斜躺在老丈手臂上的金河，又直起身来看着众考生离去的方向，低头走了几步，似乎下了某种决心。她握拳鼓励自己，然后一笑，转向老丈。]

孟　河：老丈，我突然有了一个小小的计划。您先在鲨市陪着他看郎中，迟早还要到京城找名医。我先去，找到父亲，处理好一切，然后在那里等你们。现在便约好，就在科举考试发榜的那一天，在皇榜前见面。反正，你们也要从京城出发才能南归。说好了，发榜那天，皇榜前面，别忘了。

老　丈：（若有所思）发榜那天？皇榜前面？

孟　河：对，其他时间和地点没法定。记住，发榜那天，皇榜前面。

　　　　[孟河又看了一眼金河，然后与老丈揖别，急匆匆下场。]

158

老　丈：（自语）时间、地点倒是明确，但她居然连说三遍。她，是不是要做什么事？不多想了，还是先扶金河找郎中去吧。

　　　　〔灯暗。〕

第三幕 状元

[对导演的提示：这一幕的前半段，在全剧中属于"谐谑部位"，前后形成明显对比，并构成全剧美学风格的调节。谐谑中，就会有不少漫画化造型。]

[这正是京城发榜的日子。地点在皇榜前面。]

[这个时间，这个地点，除了热闹，就是拥挤。各地考生和京城民众挤在榜前，指指点点，胡乱祝贺，开着玩笑。突然，"哐啷"一声，紫锣鸣响，揭榜了。一阵肃静，然后就是一片喧哗。]

歌　队：（合唱）

> 揭榜，揭榜，
> 紫锣鸣响。
> 揭榜，揭榜，
> 万里遥望。
> 请到榜前看一看，
> 此地风景不寻常。

都是青衫作背影，

人人都在仰头望。

这些背影渐僵硬，

转身满脸是严霜。

这些青衫频抖动，

回首通体是春光。

严霜，春光，

春光，严霜。

小步默默回旅馆，

行李竹箱泪数行。

大步款款甩衣襟，

一曲在喉放声唱。

[台角一对市民父女的对话。]

市民父： 女儿，走快点，听大曲去！

市民女： 大曲？哪个戏班唱？

市民父： 中榜的考生唱。这是规矩，中榜了，为了给家乡长长
脸面，唱几句地方土曲，但那些书生都唱不来，磕磕
巴巴还在唱，太逗了。

市民女： 那才好玩，快去！

[榜前，一些考生低头离去，一些考生昂首四顾。他
们现在的衣履，尚无差别。因此，在演出技术上，可
让这两种考生围绕着皇榜以不同神貌轮流行转，即以
"同群流转法"造成一种没完没了的队列长流。]

[昂首四顾的考生中有几个特别得意，他们来到了人

群中央，从架势看，要唱点什么了。]

考生1：（白）我是湖南长沙来的，中了！

[唱花鼓曲调。请注意，要唱得有板有眼，非常认真，并不荒腔走板。在这里，越是演唱得地道、认真，就越有谐谑效果；相反，越是演唱得油滑嬉闹，越会成为谐谑效果的灾难。此为戏剧辩证法，顺便一提。]

我这里，与诸位，

好有一比。

刘大哥，你是比我差啊，

胡小弟，我是比你强啊，

得尔来，得尔来……

我骑上白马去喝酒！

歌队和民众：你是状元吗？

考生1：不，不是状元，我是一甲二名，榜眼。

歌队和民众：咳！我看也不像，不像，不像……

考生2：（白）我是浙江绍兴来的，也中了！（唱越剧曲调）

天上掉下个喜讯来，

分明是我的名字在上头。

别看它密密麻麻让人晕，

却原来我水到渠成得风流。

歌队和民众：你是状元吗？

考生2： 不，不是状元，是一甲三名，探花。

歌队和民众： 哎呀！我想也是，相貌不对，相貌不对……

考生3： （白）我是江苏昆山来的，中了！（唱昆曲曲调）

　　　　原来千卷万卷读遍，

　　　　似这般都付与金榜梦圆。

歌队和民众： 你是状元吗？

考生3： 不，不是状元，是一甲第四名。

歌队和民众： 哦，那还好，还好，万一是了，就不对了……

考生4： （白）我是广东惠州来的，也中了！（唱粤剧曲调）

　　　　谢一声太君老上苍，

　　　　我今天越过万人上，万人上，万人上……

歌队和民众： 你是状元吗？

考生4： 不，不是状元，我是第五名。

歌队和民众： 哎呀！又一个不是，不是不是，又一个不是！

妇女甲： 奇怪，一个个上场了，问下来都不是状元，这状元到底在哪里？

考生5： （唱广西山歌）

　　　　唉——

　　　　南腔北调都上榜哟，

歌　队：（合唱）

嘿，都上榜哟。

考生5：（领唱）

不见状元心里慌哟，

歌　队：（合唱）

心里慌。

众考生：（合唱）

雁群无头不成队哎，
毛笔无头是竹棒哟。

歌　队：（唱）

雁群无头不成队哎，
毛笔无头是竹棒哟。

〔一声锣鸣，传来两位朝廷差役的喊声。差役上。〕

差役甲、乙：新科状元金河！

歌队和民众：（唱）

状元在哪里？

状元在哪里？

差役乙：（声声呼喊）新科状元金河！金河大官人您在哪里？
（对观众）咦，真是从来没有发生过的怪事，状元考
出来了，却找不到了。这不急死人了嘛！

差役甲：我知道状元大人您就在这人群中，故意看我们笑话。
您就可怜可怜我们，早一点站出来吧！

差役乙：新科状元金河！

差役甲：金河大老爷！

　　　　〔两位差役敲锣下。〕

　　　　〔孟河蹑手蹑脚上。她仍然身穿男装，见人注意，忙
　　　　避开视线，假装大方，迈出正步。〕

孟　河：（读榜，大惊）头名状元金河？那是我考的呀，我考
的呀！哈……（急急捂嘴。四周察看后，躲到一边，
轻松、愉快、自我陶醉地唱）：

　　　　我女扮男装进考棚，

　　　　想考个功名送个人。

　　　　谁知笔下不小心，

　　　　考成了状元第一名。

　　　　原来天下狂书生，

　　　　只在嘴上玩斯文。

倒是乡间弱女子，

还有一点小本领。

这点本领也无用，

只把套话拼一拼。

看来拼得还不错，

罩住了几双老眼睛。

［孟河不断踮脚张望。两个差役绕了一圈之后又巡游
到这里，边敲锣边喊："新科状元你在哪里？""金河
大老爷你在哪里？""我们已经找了你很久了！"］

孟　河：（自语）金河的手伤到底怎么样？他会不会不来京城
了？如果来了，他会不会被挤到了远处？……我怎么
找到他呢？对了，我还是应该与这些差役合作，把金
河的特征告诉他们，大家一起找！（向两位差役）
哎，官差大人，我见过你们要找的金河。

差役乙：他见过状元！

［两位差役大为惊喜，后退一步打量孟河。］

差役甲：你真见过？快说，他长得什么样？

孟　河：（要描述又发蒙了，便凌乱地回忆起来）他长得……
比较高，比较瘦……

差役甲、乙：

比较高？

166

孟　河：（努力地想）

又不太高。

差役甲、乙：

比较瘦？

孟　河：（努力地想）

也不太瘦。

差役乙：他乱七八糟说什么呢？

差役甲：你不是在故意作弄我们吧？

差役乙：你敢作弄我们？

孟　河：不是，不是，我真的见过他。（转身自语）但奇怪，
　　　　真要说他的特征，却说不出来了。想想也是，我从小
　　　　跟着母亲读书，总共也没见过几个男人！

差役甲：他在说什么呢？

差役乙：我们再问问？问问！（对孟河）他，身上有没有一点
　　　　不顺畅的地方，譬如——

差役甲、乙：

斗鸡眼？

孟　河：

他，眼睛很正。

差役甲、乙：

酒糟鼻？

孟　河：

他，鼻子很挺！

差役甲：（唱）

没有口吃没有谢顶也没有罗圈腿？

孟　河：（唱）

没有口吃没有谢顶也没有罗圈腿！

[两差役打量孟河，站一旁商议。请注意，此段Rap
饶舌唱段，可重复。]

差役乙：状元老爷没特征，状元大人没毛病。

差役甲：找人就要凭特征，特征就是小毛病。

差役乙：自古来考生无画像，咱光喊名字满城乱转从早到晚他就是不答应。

差役甲： 莫奈何只能依靠他，这不明不白不清不楚莽莽撞撞来
路不明的小后生。

［这种Rap饶舌唱段可根据舞台演出需要拉长。］

差役甲： 小后生，今天只能麻烦你了。我们要抬着你，让你在
高处四下寻找，那就容易找到状元金河了。

孟　河： 抬着我找？好啊，我可以省得走路了。可是，要是我
也找不到呢？

差役乙： 那就一直抬着，一天天找，我们供应伙食。等到三年
后新的状元考出来，就可以不找了。

孟　河： （大惊）啊？（退后两步）要是我不愿意呢？

差役甲： 那就由不得你了，我们会想个办法把你固定起来。
（吩咐差役乙）去，给这位小后生找根麻绳，不，找
根布条，不，找根缎带，好看一点的，轻轻地绑上！

［差役乙去找缎带。孟河拍头、顿足，十分后悔，却
又倒退着试图逃走。差役甲笑眯眯地逼近她。］

［孟河发现差役乙手上带着一根缎带上场，自觉大事
不妙，拔腿就逃，在人群中灵活穿梭。两位差役手脚
笨拙，几次都让孟河滑走，两人忙乱地追进小巷。街
上民众热热闹闹地跟随他们而去。］

［这时，有一顶神秘而高贵的小轿悄悄地停在舞台一角。
两个轿夫放下轿子后静静地站立在轿子后方成了守卫，
两个原来跟在轿子后面步行的妇女则静静地站立到轿
子前方也成了守卫。这种无形的架势，令人期待。］

公　主：（轿内唱）

满街见我就肃静，
而我却是热闹人！

［那两位妇女掀起了小轿的帘子，叫声："公主，请
下轿！"公主随之出轿。这是一位具有现代气息的公
主，显得活泼、开放。］

公　主：（唱）

今天出宫浑身爽，
想要会会状元郎。
刚才面影一恍惚，
似乎他就在前方。

［两个差役抬着孟河一路寻找金河，上场，遇到了公
主的小轿。公主的一个轿夫走向差役，在耳边轻轻吐
了几个字，两个差役立即从肩上放下孟河的椅座，快
速跪到了小轿前面，恭敬地叫一声："公主！"又恭敬
地后退，为她让路。公主走到孟河面前。］

差役甲：还不赶快拜见公主！（对差役乙）快松绑！

公　主：（打量孟河）不错，是他！那天我在考场门缝里看中
　　　　的，就是这个人。身材相貌，处处合意。我还对了名
　　　　册，叫金河，没想到恰恰是他中了状元，可见我眼力
　　　　不错。（拱手行礼）拜见状元郎！

[孟河惊讶万分，与公主同时开始了一段表示内心独白的二重唱。]

孟　河：

这位公主太惊人，
竟然一眼把我认！
看来我已露破绽，
大事不好慌了神！

公　主：

中了状元却遁身，
天下哪有这种人！
须知我在找夫婿，
一见钟情刻在心。

公　主：（指着绑在孟河身上的缎带）状元郎，你这是怎么回事？

孟　河：这，这，（看了一眼差役）一言难尽。

公　主：该不会是在为新科状元游街仪式，做事先排练吧？

差役甲：（慌乱中捞到了救命稻草）对对对，事先排练，事先排练！

公　主：怎么还绑着一条带子？

差役乙：是……这样，这椅子太简陋了。万一状元公掉下来，那岂不是摔坏了一个青年才俊、社会精英？岂不是伤害了一个朝廷重臣、国之栋梁？岂不是丢掉了京城的脸面、百官的威仪？岂不是……

公　主：（阻止）别，别，别，我一听这种官场排比句就头晕。还不赶快让状元公更换衣装，立即举办状元游街的隆重仪式！

（两差役恭敬地领受公主旨意后，挟卷孟河而去。孟河回首想对公主说个明白。）

孟　河：公主，你搞错了，我还有话要对你说！

差　役：走吧，走吧。

孟　河：公主，我有话要告诉你！（已经被差役抬下。）

公　主：（突然羞涩地）我会听你说的，说多久都行。现在先去参加仪式吧！（轻声自语）搞错了？我找了那么多年，越找眼睛越尖，错不了。

歌队和民众：（唱）

找到了，找到了！
头名状元找到了。
找到了，找到了！
我们的公主……

白：今天终于……（唱）

今天终于高兴了！

［民众似乎很熟悉公主，喜欢她。］

公　主：去！谁要你们多嘴！

　　　　［众下。］

　　　　［在另一个区间，金河和老丈出现了。他们显得十分
　　　　疲惫，步履踉跄。］

金　河：（唱）

　　　　满城都在声声喊，

　　　　听得耳熟又心惊。

　　　　原来今科状元郎，

　　　　竟然与我是同名！

老　丈：咳，我最担心的事终于发生了。金河，我告诉你，这
　　　　不是同名，正是你的名字！

金　河：我的名字？可我没来考啊！

老　丈：还记得那个叫孟河的"小后生"怎么与我们约定的？
　　　　叫我们一定到京城，在金榜之前与她见面。这就是见
　　　　面礼，头名状元，是她送给你的！

金　河：他考的状元，送给我？这怎么可能？

老　丈：她看到你凿冰受伤，不能考试，大为感动，是代你考
　　　　的。你不要，她也不能拿，因为她是女的！

金　河：（惊骇万状，口中喃喃）女的？女的！……老丈，你
　　　　既然知道，为什么一直不告诉我？

老　丈：揭开自己的装扮，是她自己的游戏，也只有她有这个
　　　　权利。如果由别人窃窃私语，那就把事情降低了。

金　河：那我怎么能要？

老　丈：现在的麻烦，不是你要不要，而是她这样做犯了大罪。女扮男装，冒名顶替，参加殿试，条条都触犯了王法。考得名次低一点还能逃走，但她考中的是状元，众目睽睽，逃不了啦！

[金河着急地转了半圈，抬起头来。]

金　河：唯一的办法，我立即到朝廷说明一切，承认我是金河，愿意承受一切处置。

老　丈：我跟你一起去。

金　河：何必搭上一个人去冒险？

老　丈：我也算一个证人。

[老丈见金河还想阻止，便默默道出了自己此刻的心声。]

老　丈：（唱）

年逾古稀阅世深，

未见如此年轻人！

只道是万事全参透，

两番奇行令我惊。

只道是人世如荒原，

双重壮举动我心。

看残躯从此又新生，

这破船今后又航程。

[金河看着凝思的老丈，自己也凝思起来。他想的是

孟河。]

金　河：（唱）

女扮男装又冒名，
错上加错陷困境。
小妹你此举太莽撞，
不顾一切就帮人。
无月的冬夜走错了路，
你一脚踏进了黑森林。
小妹请你等等我，
我立即就去闯宫门！

[金河与老丈，相持相拥而下。]

[乐手列队上场，乐声齐鸣。差役执锣上场。]
[舞台灯光突然变得壮丽炫目。]
[状元游街，理应骑马，但囿于演出限制，用金椅替
代。金椅由四名轿夫抬着，又有一群跟随簇拥，孟河
被高高抬起，宛若骑在马上。]
[孟河一身华贵状元服，显得气度非凡。]
[全场被这种派动震慑，继而欢声雷动。]

孟　河：（自我吟唱。她一开口，舞台上的民众静如群雕）

欢声阵阵为我吗？
有谁知道我真相？

不由分说就喊叫，
世界是否太荒唐？
荒唐之中我独笑，
弄假成真我心坦荡。
比比历届真状元，
孟河是否更妥当？
再比满朝大官员，
孟河是否更像样？
我真想，停下来，
跨莲步，换女装，
当街舞胡旋，
扬裙为云裳。
猛然作收煞，
静穆如雕像。
且听多少惊叹声，
波涌浪叠卷城墙。
小女一笑潜人群，
如蝶翩翩入苍茫。
一场游戏半场梦，
留个传说任回想。

孟　河：（白）我想得倒美，但这个局面已经越闹越大。我知
　　　　道危险在步步逼近，这该怎么收场？金河，你到底来
　　　　了没有？
　　　　〔正在这时，她看到街边一个石台上，笑吟吟地站着

公主。]

孟　河：（自语）啊，又是公主。想来想去，只有她能帮我了，试试看吧。（对差役下令）停!

[孟河以潇洒的步伐向公主走近，作揖行礼。差役、轿夫扬手驱赶民众。]

孟　河：参见公主。

[公主一笑，摆手支开差役、轿夫，场上只剩下她与孟河两个人。]

公　主：状元郎，你知道，你刚刚一上一下，潇洒走来，有多光彩吗?

孟　河：（鼓起勇气）公主，时间紧迫，只能长话短说。我不是来考试，而是来找父亲的……

公　主：（兴奋地）你是说，你来找父亲的时候，顺便拐到考场玩了一把，就考中了状元? 这真是：羽扇纶巾，谈笑间，樯橹灰飞烟灭!

[迈前一步，大胆地面对孟河。]

（唱）：

我曾苦苦寻索，
依然孤单寂寞。
自从那日相见，
心里早有定夺。
请你细细看我，
本人还算不错。

如果两情相悦，

何必还要推托？

孟　河（唱）：

不知如何来说，

事情已经出错。

也许其错在我，

也许你也有错。

也许无关你我，

不知何处出错。

在下并非男子，

全然阴阳倒错！

公　主：什么？并非男子？（以为是托词）你那么喜欢开玩笑？

孟　河：我……（孟河完全回复女儿状态，走向公主）公主……（以更女性的姿态，把手伸向公主。）

公　主：（迟疑地以手相触，突然产生明显的性别感觉，震惊。）这怎么可能？你真是个女的，这怎么可能？这，你……（生气的）这究竟是怎么回事？

孟　河：公主息怒！我不叫金河叫孟河，父亲二十年前上京赶考，从此音讯全无，母亲不久前也已去世。我到京城来找父亲，一个女孩子要远行千里，除了女扮男装，我没有别的办法。

［公主情绪有所缓和。］

178

公　主：女扮男装就女扮男装了，为什么又冒名顶替去考状元？

孟　河：（突然充满激情地进入讲述状态）公主你不知道，那日进京途中，船行半路遇到了一场大寒潮，两岸都是悬崖，那么多大船被冰封在了江心，那么多考生眼看着都要被活活冻死了。就在这时，有个考生站了出来，一个人拿着斧子凿冰，救了整个船队！

公　主：哦，真是个侠义之士！

孟　河：可就是这个侠义之士，因为凿冰却把自己的手冻伤了，不能进京赶考，我就……公主，你说要不要代他一考？

公　主：（脱口而出）要！如果是我，我也会代他一考……（自觉表态太快，不好意思地语噎了。徘徊几步，才故意转移话题。）对了……刚才你不是说，你出来是为了寻找父亲，你父亲在何处？

孟　河：我想他早就考中了科举在京城做官，改了名字又重组了家庭。

公　主：那好办，只要他在朝廷做官，我一定能帮你查出来。

孟　河：谢公主！但我这一路，变了一个人，有了不同的想法。我这一找，也许会伤害他现在无辜的家人……算了。

公　主：那你不找了？

孟　河：不瞒公主，我不找，也不完全是因为大度。

公　主：那还为了什么？

孟　河：（略有犹豫）更重要的是，我一路上看到那么多考生，实在太不像样，为了做官无情无义、装腔作势。我父亲，多半也是这样的人，否则就不会"玩失踪"玩了二十年。这样的父亲，找着了反而恶心，不如不找。

公　主：一点不错，我见这样的考生多了。他们后来做了官，那就更加奴颜婢膝、装腔作势，要不然，我怎么到今天还是单身！

孟　河：公主，没想到你是这么好的人！

公　主：（对孟河倍加敬佩）咳！你为何不是男子汉？为何不是大丈夫？我苦找多年，就是在找你这样的器宇轩昂、堂堂正正！

［远处传来沉闷的鼓声，连响三下。］

公　主：不好！廷鼓响了，这是众大臣在殿外迎接新科状元。你已经触犯好几项王法，千万不要撞上去！赶快逃出京城去，这个地方太险峻！我赶过去与他们厮磨一番。（下。）

孟　河：（准备离去又回身。徘徊几步抬起头来，昂扬地，唱）

我为何逃命，
只因为我是女人？
我为何逃命，
只因为我考赢了男人？

我何必逃命，
每一步都堂堂正正；

我何必逃命，
耳边有那夜斧声。

我已经失去父母，
无牵挂单身一人。
有灾祸坦然相迎，
只面对日月星辰。

小女子立身山岳，
大丈夫是个钗裙。
我要与宰相争辩，
我要让朝廷吃惊。

[唱罢，打开发结，让乌黑的长发如瀑布般泻于肩
背。然后，用大动作撩撒长发，转身，以坚定的步
伐，向逆光的玉阶走去。]

第四幕　宫殿

[舞台天幕上出现金銮殿的宫檐大柱，背景尚有密集的层殿金顶，在早晨阳光下一片辉煌。]

[大臣们鱼贯而入，每人都对一个向外站立的又瘦又高的老人鞠躬，尊敬地称呼一声："宰相大人!"]

[人数较多，在演出时再度运用"同群流转法"，联动电脑映象延伸。请注意，此幕动静并非局限于殿内，而有殿内殿外接通的开阔空间。上朝人数，必须超出写实主义的一般限定而大大扩充，展现出鸟瞰式的画面，使演出获得"大规模生命集群"式的童话视野。]

[宰相喊住了长得比较矮胖的吏部尚书。他们谈话的口气很家常。]

宰　相：吏部尚书，请留步。昨天报到的新科进士，都叫到今天朝会上来见习了吗?

吏部尚书：都来了，您看今天宫殿，都站不下了。

宰　相：来了这么多人，不巧又要处置"真假状元"的大案，心里有点悬。昨天晚上我分头找当事人谈了大半夜，还是没有把握。

吏部尚书：皇上有什么旨意吗？

宰　相：皇上照例会让太监传几句费解的话。待会儿，我们见机行事吧。

吏部尚书：听宰相您的。

[朝鼓响起，朝会开始了。众多大臣和新科进士立即安静了下来，一个个站得很正规。虽然皇帝不亲临朝会，但大家还是朝向空空的龙椅站立着。宰相则站立在龙椅下面，面向群臣。]

宰　相：（清理了一下喉咙，说得尽量简单）状元事件，大家都听说了，议论一下吧。（指了指站在最前面的一位高官）御史大夫，请！

御史大夫：这事的关注焦点，在女孩子孟河，但朝廷不能跟着走。如果把她当焦点，普天下都会问：难道男人都考不过女人？难道那么多考官都没有眼睛？因此，我们要把她忘记，只追究那个男子金河，没有参加考试就空占了状元之名，算是作弊！

宰　相：定他作弊，却不牵出女孩子孟河，那何以为证？

御史大夫：这次不要证人，只要证据。证据就是笔迹，让金河当众写出笔迹，再与试卷对比，证明是弄虚作假！

宰　相：但很遗憾，金河不能留笔迹。

御史大夫：为什么？

宰　相：手残废了。

御史大夫：什么时候残废的?

宰　相：刚残废。这次上京赶考遇到寒潮，他独自举斧凿冰救了很多冰封之船，手就冻坏了。那个女孩子孟河，就是因为目睹他救人致残，一时感动，代他考试。

[全殿肃静。]

[甬道上传来急急的脚步声，宰相和大臣全都向着那个方向急切地张望。]

[一位传旨太监用奇特的发音尖声呼喊。]

太　监：请听旨。皇上刚刚在后殿听到了宰相的话，嘴角轻轻抖了一下，然后说，从即日起，各州府远航船只，必须配备凿冰之斧。朕赐名为冰斧!（下）

[宰相看着太监离开的背影，笑着点头。然后转身问大臣们。]

宰　相：明白旨意了吗?

众大臣：明白了!

宰　相：那好，没事了。传金河上殿!

[金河上殿，依然背着斗笠，后面紧跟着老丈。]

宰　相：金河，刚才皇上为冰斧赐名，你听到了吗?

金　河：听到了。

宰　相：高兴吗?

金　河：请宰相转告皇上，在船上凿冰的机会非常小，叫冰斧有点奇怪，还是照原来叫斧子比较顺口。

宰　相：你呀你，怎么听不出来，这是皇上在首肯你的凿冰之举。

184

金　河：（有点奇怪）哦？

[这时，老丈发现了那批新科进士，几步走到他们面前。]

老　丈：怎么，刚分别一个多月就不认识了？那夜冰河，还记得吗？

[新科进士慌忙打了一个招呼，便羞愧地低下了头。]

老　丈（对宰相）：宰相大人，我是金河的陪同者，又与这些新科进士同船同行，能向他们提几个问题吗？

宰　相：请！

老　丈：（对着新科进士）我想问诸位几个问题。第一个问题，如果金河不凿冰，你们之中会有一个人活得下来吗？不用回答，我以下的问题也不用回答，听着就可以。

[老丈看着新科进士，停顿片刻。]

老　丈：第二个问题，金河凿冰，你们都在场，有哪一个，帮过他一把？第三个问题，船到鲨市，你们得救了，有哪一个回头看一眼已经受伤的金河？……

[这时，所有的大臣都随着老丈的提问，愤怒地向着新科进士跺脚。一个问题跺三下，然后也就变成了一种特殊的踢踏舞。那么多朝靴跺踏在殿石上，声音清脆、响亮、有节奏，而且，一直在延续。这就构成了舞台上两大色系的对仗，大臣色系和新科进士色系。此刻，肯定是大臣色系占了上风。]

[宰相也对着新科进士摇头，然后拉过了金河。]

宰　相：金河，他们都不帮你，你以一人之力，办成了大事……

金　河：不。不是一人。还有一老一少，生死之交。

[不顾朝廷现场，深情地遥视舞台一角，唱]

老丈你一生翰墨因我冻，

风雪银须映寒空。

七十高龄仍布衣，

鲨市救我第一功。

小妹你莽莽撞撞就帮人，

不管是吉还是凶。

纤弱身躯让人疼，

你是否还在危险中？

宰　相：你受了伤，对朝廷有什么要求？尽管提。

金　河：只有一事相求，我很想见见代我考试的孟河姑娘，能不能请她到这里来？

御史大夫：女人上殿？这可是从来没有的事啊！

[一个响亮的女声从后面传来，一听就知道是公主。她像一阵风一样上场了。]

公　主：武则天上殿十五年，我每个月都上殿，没问题！

宰　相：孟河上殿！

[场内气氛开始轻松。群臣始而踮脚遥望，继而往前拥挤。金河本想站在前面迎接孟河的，现在却被群臣推挤，便一步步后退到他们身后。]

［孟河出现了。她的出现引来了聚光灯，满台分外明亮。］

歌 队：（女声）

男装一脱回自身，
袅袅婷婷入朝廷。
越过高山更知水，
扮过男人更女人。

歌 队：（男声）

一片霞云进峡谷，
万千鸟雀霎时静。
清风无影却有形，
朽木枯石全来神。

歌 队：（轻声合唱）

孟河，小心，
那么多眼睛；
孟河，小心，
那么多大臣；
孟河，小心，
那么多考生；
孟河，小心，

那么多男人。

[孟河对眼前的一切感到奇怪，但按她的本性，随即回到了轻松状态。她无所忌惮地看着一张张脸、一个个人。终于，她停步了，惊喜万分地看到了公主。]

[公主故意不动声色地站在那里。见孟河发现，撇了撇嘴，随即笑出声来。虽然孟河的这套女装，也是她派女官送去的，但女装的孟河她还是第一次看到，既熟悉又陌生。]

[孟河也为自己以这么截然不同的形象见公主，感到不好意思。]

孟　河：（羞涩地）公主！……

公　主：（上下打量）你呀……

（唱）

扮男人太像男人，

做女人太像女人。

昨日潇洒如泼墨山水，

今日柔丽似柳下古琴。

泼墨山水泼得我青头紫脸，

柳下古琴弹得我柔情全醒。

你太烦人，

你太烦人！

[唱"你太烦人"时，以拳轻擂孟河。唱罢，握住孟

河手臂。]

公　主：孟河姐！

孟　河：你怎么叫我姐姐，我们还没有比过年龄呢。

公　主：（斜视着群臣）不能在这么多男人面前比年龄。反正，论学识，论勇敢，你都是我姐姐！（把孟河拉了一把，做耳语状，但观众还能听到她的声音）我当然也有一点小本领，你猜，我昨天晚上是用什么方法把父皇迷惑的？

孟　河：什么方法？

[两个女孩子完全忘记了殿上那么多人的存在，就像街市间无数爱唠叨的小女孩一样，叽叽喳喳地聊个没完没了。]

公　主：先用迷魂香。父皇最喜欢我点沉香，那是一位外国王子送的，那个王子来追求我，但胡子太密，身上香料太浓，我不要，却要下了一盒沉香。昨天晚上我狠狠心拿去点了三支，边点边说你好，父皇完全被我说服了。

[公主还要讲下去，我们又听到了传旨太监急促的脚步声，整个大殿立即安静了下来。]

太　监：皇上要我传达八个字：女大当嫁，满朝挑吧。（下）

宰　相：（看着太监的背影）这就是皇上的高明，让大家猜。他说"女大当嫁"，是说公主，还是孟河？他说"满朝挑吧"，是让满朝挑女子，还是让女子挑满朝？大家猜吧。

御史大夫：我想，嫁，是指孟河；挑，是让我们挑孟河。

公　主：（生气地）臭美吧，你们！还不抬头看看孟河姐，论姿色，远超你们的梦想，论学识，可做你们的师长，居然好意思让你们挑！不要猜了，昨天晚上我与父皇长谈了三支沉香的光景，很明白他的意思：让孟河姐巡视殿上所有的官员，看看有没有一两个稍稍入眼的。至于嫁，那是后话了。

宰　相：（下令）立正！二十人一列，以朝靴为线，全部排齐：列与列之间，面对面站立，空开五步，便于公主和孟河小姐巡视！

孟　河：（着急地对公主耳语）千万不要让我巡视，我不想在这群人里挑选丈夫。赶快让他们停了，赶快！

公　主：（也是耳语）你不想挑，我还想挑呢。主要是看新科进士，有没有比较入眼的。我比你可怜，选择范围不大，只能在荒山里挑猴子了。

〔孟河听公主这么一说，笑了一下，也就无言了。她伸手让公主先行，公主则一把将孟河推在前面。〕

〔大臣和新科进士的队列，已经在她们面前排得非常整齐。〕

〔请导演注意，这是本剧继"冰河踢踏""榜前谐谑"之后又一个"大空间流转"。当代戏剧，是私密小空间和辽阔大空间的交替组合，相比之下，更重要的是大空间。〕

〔请服装设计师注意，剧本前面提过，大臣和新科进士，组成两大对比性色块。大臣的服装，建议倾向于

红褐色；新科进士的服装，建议倾向于蛋青色。两种
服装都由腰带和其他装饰调节出宫廷之气。与这两大
沉闷色块构成鲜明对比，孟河、公主的服装应突出紧
身、婀娜、飘逸的风范。色彩，可考虑淡紫和深灰，
又有简约而醒目的配饰。]

[孟河、公主的巡视，开始时略有惊讶、嬉笑成分，
过不久就有了舞蹈之态。但是，仅止于步态、手势和
身姿，可谓"轻度舞痕"，而不能舞蹈化。]

[与孟河、公主形成对比，大臣和新科进士有漫画
化、造型化的谐谑表演。大臣偏向于假正经式的"不
洁窥视"，新科进士则偏向于畏怯式的"有限轻薄"。
随着孟河、公主的步履，这些男子有一些"群体舞
姿"，就像风过麦田，产生波浪性起伏。]

[孟河、公主不断地对视而笑、用手互捅、掩嘴摇
头。终于，唱出了此时的心情。]

孟　河：（唱）

天高云低近黄昏，
我走进了枯燥的小树林。
满眼都是灌木丛，
泥泞苔滑不能停。

公　主：（唱）

树干软软叶青青，

鸿雁无影春虫鸣。
一棵棵看来都作态，
哪棵能让人靠靠身？

孟　河：（唱）

我知道乔木在何方，
心中已经有踪影。

公　主：（唱）

身为公主我悲声问：
哪里还有好男人？

孟河、公主：（唱）

天下男人千千万，
天下女人要当心。
人生只有一条船，
一旦上错苦一生。

孟河、公主：（唱）

天下男人千千万，
天下女人要当心。

阅尽千帆皆不是，

只有一个是你的人。

[在她们俩且穿梭且歌唱且舞蹈的时候，新科进士们越来越渴望被选，开始摆脱畏怯，——向她们摆弄姿态，又一次跳起了那夜寒潮中的冰上踢踏舞。朝靴踩着金砖，声音与冰上相同。这让观众产生有趣的回忆。]

[但是，新科进士们越靠越近，已经把孟河、公主可走的路堵塞。一些大臣也追着观看，舞台上，已经出现一堵纷乱的人体之墙。]

[孟河、公主相视皱眉，又摇头讪笑。]

[一个近乎撕裂的苍老声音突然响起，那是宰相。]

宰　相：（愤怒地）让开！成何体统！

[人群终于分开了，让出了一条通路。]

[通路的终点，是宫殿大柱，柱底站着两个男人，老丈和金河。孟河想飞奔过去，却又止步了，她以清亮的声音高呼一声。]

孟　河：金河！

[金河对这个呼叫自己的女子还非常陌生，他跨前一步，傻傻地看着她。]

宰　相：刚才不正是你，提出要见孟河小姐的吗？

孟　河：你怎么躲在这么多人的后面？让我找了那么久！

[金河快步冲到孟河前面，又后退两步，绕着圈子打量孟河。]

金　河：你，真是孟河？真是那个背着画轴找父亲的小伙子？

真是那个整夜都用布带拉着我凿冰的小伙子？

老　丈：（一笑，对着金河）你还可以问下去——你，真是那
　　　　个看到我受伤后立即赶到京城代我考试的孟河？真是
　　　　那个用金河的名字考取了头名状元的孟河？

　　　　［孟河没有回答，只是怔怔地看着金河。］

　　　　［全场静默。终于听到了孟河低低的声音，金河跟上。］

孟　河：（唱）

　　　　方才还草树迷离，

　　　　转眼间天宽地阔。

　　　　那夜你举起银斧，

　　　　点亮了我心中灯火。

金　河：（唱）

　　　　分明是绝世美色，

　　　　居然是那夜小伙。

　　　　惊世者舍你其谁？

　　　　你让我不知所措。

孟河、金河：（二重唱）

　　　　我总是白日做梦，

　　　　我总是子夜唱歌。

　　　　我总是孤对明月，

我总是独享寂寞。

也许我已经找着，

也许我已经踏破。

也许让我加上你，

也许让你加上我。

金　河：说真的，孟河，你的美丽，让我不知所措。

　　　　〔孟河看着他，又环视了一遍刚刚巡视过的大殿官员，再转向金河。〕

孟　河：金河，我想成家了。（走近半步）听见没有，我想成家了。

　　　　〔金河也环视了一遍大殿官员，最后把目光落到了老丈身上，投去将信将疑的询问。老丈朝他点点头。〕

金　河：（对孟河）但是，我今后恐怕只能以撑船为生，做一个最普通的船工。

孟　河：那我就做你的船娘，我会做得很好。

金　河：我的手已经不能写字了。

孟　河：反正我已经在考场上代你写过一次了，以后，可以再代下去。

金　河：不管怎么说，你也是一个考上过状元的人啊，怎么能……

孟　河：（笑了）那你以后多听我的话就是了，要天天向我请安。

金　河：其实，做船夫、船娘，写字的机会不多。

孟　河：这我想过了，办一个流动私塾，收罗那些考不上科举的文人做教师，去教那些不想考科举的孩子。老丈，您做校长吧！

老　丈：可是我已答应过鲨市那个给金河治手的名医，去做他的老年助理。金河让我懂得，人生在世，救人第一。

[大臣和新科进士们正准备悻悻离去，又听到了太监急促的脚步声。]

太　监：（还是那种奇怪的声调）皇上有旨："刚才听说，金河和孟河在大殿上已经私订终身，朕觉得此事过于匆忙，应该由双方父母决定。"

[正准备离开的大臣和新科进士们一听，觉得似乎还有一线希望，又都留下了。]

[孟河和金河皱着眉头对视，却传来了公主响亮的笑声。]

公　主：我长这么大，第一次听到父皇的圣旨竟然说得那么明白！

宰　相：既然圣旨那么明白，我们就要办得更明白一点。按常例，金河的家长会非常满意才貌双全的孟河，却不知孟河的家长是否会接受一个船夫做女婿？

孟　河：（支支吾吾）我已经没有家长……

公　主：（快人快语地接过话头）她母亲已经去世，她父亲考中了科举在京城做官，改了名字，另外建立了家庭。我肯定，她父亲应该就在这宫殿之中，就在这些大臣之间！

[这下，轮到新科进士们表情夸张地指手画脚了。他们嘘过一阵之后，也就踩踏起朝靴，声声入耳，来报

复前不久大臣们的跺踏。与大臣们的跺踏相比，他们的气势更大，时间更长，也更有节奏。]

[在两大色系的对仗中，这次显然是新科进士的蛋青色压过了大臣的红褐色。]

新科进士：（边跺靴边轻喊）

装吧装吧，

躲吧躲吧，

二十年了，

好狠心哪……

宰　相：（用手势阻止新科进士）这事应该不难查。只要提供年份、籍贯，我不信吏部就查不出来。

公　主：宰相，孟河姐到京城后就改变了主意。她怕引起多方不安，不让查了。

宰　相：（转向孟河）千里迢迢，孤身而返，能安心吗？

公　主：我代孟河姐回答。千里迢迢，看清了太多的人，也就推断出了她父亲的为人。因此，不见反而安心。

宰　相：人间尚存良心，朝廷维护天伦。孟河小姐，既然你父亲就在这里，你又不想认，那我准许你，当着大家的面，痛痛快快骂他几句。这对其他官员，也是教训。

公　主：对，骂！骂他个劈头盖脸、翻江倒海！

[舞台突然转暗，只有一柱光，射在孟河身上。]

[这是一个特殊戏剧空间的开始。有音乐响起，由强而弱，由刚而柔。]

[请导演注意，这是全剧的点睛之处，其魅力，只能在剧场完成，而难于诉诸文本。黑暗空间中的心灵对话，使剧场超越现实而成了精神天域。这一段，在每次演出中都感人至深。]

孟　河：（唱）

妈妈呀妈妈，
马上我会面对他。
他在文武百官间，
我却不会认出他。

妈妈呀妈妈，
我睁大眼睛看着他。
半是真切半是虚，
就像雾中看古塔。

妈妈呀妈妈，
你在九天看见吗？
我上前一步不说话，
只有你能指认他。

妈妈呀妈妈，
我不知道该笑还是骂。
且把一切全放过，
只在心中叫一声——爸爸！

　　　　　［突然，宫殿穹顶下传来一个哽咽低沉的男人声音。］

男人的声音：我的女儿！

　　　　　　［孟河惊异地环顾四周。］

孟　河：这是你的声音吗？好奇怪。但……应该是你！

父亲的声音：我的女儿，你长得和我想的完全不一样。怎么是
　　　　　　这样！……我，我真没有福分有你这样的女儿。

孟　河：你，知道一个女儿明明站在了父亲的面前，却不能往
　　　　　前再走一步的心情吗？

父亲的声音：你是怕我为难，你完全是为了我……

孟　河：不，也是为了我自己。我怕失望。

父亲的声音：对不起，我的孩子！

孟　河：你真正对不起的，是妈妈。

　　　　　（唱）

　　　　　心中深藏一团火，

　　　　　有句重话必须说。

　　　　　你隐遁宫门如许年，

　　　　　那个女人怎么过？

父亲的声音：（唱）

　　　　　追求虚名大半生，

　　　　　留一个真名叫负心。

　　　　　你母亲本该天天骂，

我应承受百年恨。

孟　河：（唱）

妈妈心中本无恨，
恰似月夜无云影。
只是年年画人像，
画的全是一个人。

　　[孟河取出那个画轴，从中取出一叠画像，拿出第一
　　张。这幅画像，在天幕上投影出来。]

孟　河：这是妈妈画你的画像。那时你刚走了半年，画得很
　　年轻。
　　[天幕上出现的画像，是一个年轻书生，笔触细致。]

孟　河：你走了五年，妈妈的记忆有些模糊了。……七年后，
　　轮廓已经不再清晰。……你走了十年后，妈妈的记忆
　　碎了。她用扇子遮住了你半个脸，是她不敢看你，还
　　是猜你不敢看她？
　　[天幕上相继出现这些画像。]
　　[孟河把一张张画像散放在地上，屏幕上也相应交错
　　映出画像。一张张画纸配着孟河舞蹈般的动作，凄
　　楚、肃穆，令人感动。]

孟　河：（唱）

这一幅让我震惊，

画像上只剩下背影。

当妻子忘记了丈夫眼睛，

其实已经断婚。

这一幅苍老木讷，

已经是一个古人。

把丈夫还给历史，

妈妈就撒手红尘。

父亲的声音：（凄厉地叹一声，颤抖的声音）这些画，能不能，能不能想个办法转给我？

孟　河：不，它不属于你，只是给你看一眼。我和金河会到母亲坟头，将这些画像焚烧祭拜，然后，把灰烬撒在那长河之上！

　　　　　［歌声中，纱幕后，有隐隐约约的祭拜舞蹈。］

歌　队：（合唱）

年已终，地已荒，

思已断，恨已藏，

从此无家乡！

人未老，心未伤，

泪未干，话未凉，

从此无家乡！

路未尽，潮未涨，

风在吼，雨在响，

从此无家乡！

笔已搁，画已葬，

诗太短，歌太长，

从此无家乡！

从此无家乡！

从此无家乡！

[舞台提示：祭母过程，天幕上依次拉过那些画像片段。火焰燃起，灰飞烟灭。双人舞毕，孟河一人跪拜在舞台上。金河慢慢走近，蹲在她身边。公主和老丈在几步之外站着。]

[孟河、金河站起身来，对着公主、老丈。]

孟　河：我的事情办完了。听到没有，"从此无家乡"，这话听起来有点悲哀，但为什么我感到浑身松爽？

老　丈：这是因为，我们这些天，破除了太多太多的虚假，跨越了太多太多的界限，什么也框限不住我们了。科举的虚假，朝廷的虚假，竞争的虚假，父亲的虚假，家乡的虚假。现在，我们只剩下头顶的天、脚下的路，多好！

孟河、金河、老丈、公主：（合唱，轮唱）

重重伪，已剥光，

般般假，全露相，

笑颜看路长。

桨未断，手未僵，

风未硬，浪未狂，

此刻便起航。

居无定，思无墙，

灾毋惧，祸毋慌，

菩提在心上。

金　河：我们先送老丈到鲨市，现在只能与公主告别了。

　　　　〔公主对着观众席伫立，孟河、金河、老丈都看着她。
她慢慢摇头，然后转身，快步扑向孟河，紧紧抱住。〕

公　主：我知道会有这一刻。你们一走，我又寂寞了。而且这
次更特别，一下子跌入寂寞的深渊！

孟　河：（扶着公主的肩）公主，我活在世上这么多年，您是
我看到的天下至善之人，至乐之人。真想一直与您在
一起，但是……

公　主：但是什么？

孟　河：但是，您习惯的天地太堂皇、太风险，我们住不惯。

公　主：我也真想与你们一起浪迹江湖，但我想了多次，还是
不敢。

老　丈：我们也不敢。我们几个感情那么好，但如果你和我们同船南行，我们三个忙坏了也伺候不过来。因为你，没有离开过宫廷。你能玩弄它，却离不开它。

金　河：照您这么说，公主只能嫁给宫中高官了？这也太悲哀了吧！

老　丈：确实悲哀，裙带就是绑带。

　　　　［孟河突然跨出几步，又转身站定。］

孟　河：不！不能让公主留在这儿！公主，我想问一个冒犯天颜的问题。我已经开除了我的父亲，你能放弃你的父皇吗？他这个人我们都没见过，到底怎么样？值不值得你一直陪着？

公　主：（先惊后笑）那么好的朋友，我也就直说了。按照一般标准，我这个父亲也不行，而且很不行。可以用八个字概括：故弄玄虚，迟钝无趣。离开他，没问题，他也老催我嫁人。

　　　　［孟河一下子就笑了出来。］

孟　河：行，那就把他也开除！我为公主想了一个夫家，就是那个胡子很大、香料很浓的外国王子。你嫁过去，既保留了豪华，又割断了裙带，很靠谱。

公　主：（笑）靠谱？

孟　河：你要了人家的沉香又嫌弃人家身上的香气，其实那是同一种香。他那个国家有没有大河？你嫁过去后感到孤独，我和金河可以来陪你。

　　　　［公主哈哈大笑。］

公　主：我相信，好友必会重逢，重逢必先相送。你们看我多

细心，派人到鲨市和京城多次寻找，终于找到了那夜
你们凿冰的船，而且已经赶工修好。我要用这条船送
你们南下，还要在码头举行送别大礼，老丈，你先陪
我去看那船，指点一下。

　[音乐起。公主、老丈下。场上灯渐暗。]

　[较强的灯光射在孟河、金河身上，又以亮度较低的
灯光显出全体歌队。]

孟河、金河和歌队：（轮唱、合唱交替）

　　　　泪涟涟，话灼灼，
　　　　我们的大船又起舵。
　　　　风无声，云无波，
　　　　互相默默听脉搏。

　　　　阴霾重，清风薄，
　　　　总有码头可停泊。
　　　　甘泉少，恶水多，
　　　　只要心中不干涸。

　　　　天未老，时未过，
　　　　有谁记得那夜的河？
　　　　喉未枯，音未落，
　　　　有谁能唱那夜的歌？

　　　　月已沉，星已堕，

茫茫三界多混浊。
灯可点，火可凿，
知心三句便着魔。

我举桨，你掌舵，
哪怕骤雨正滂沱。
茶同壶，酒共酌，
齐把绳索当缆索。

坝可移，岸可挪，
风浪且由风浪磨。
人轻微，气磅礴，
千里舟楫任颠簸！

[灯光重新照亮整个舞台。这里已是码头，公主正在张罗一个隆重的告别仪式。]

[稍远整齐地上来几十名卫士守护站立。接着，八名黑衣差役上场，在近处站定。在送别音乐中，响起一排鼓声，黑衣差役便在鼓声中向着台口齐齐下跪。]

[公主以一身金红相间的礼服上场，拖着很长的裙裾。她凝视台口片刻，音乐加强。她提裙躬身，幅度很大，几乎膝盖触地。]

[台上已不见孟河、金河、老丈。只看到天幕上出现一艘大船的影子，缓缓驶过。]

[在音乐声中，公主安排的告别仪式，很自然地转换

成了演出的谢幕仪式。谢幕仪式也由公主引导，在宰相、大臣、新科进士、媒婆逐一谢幕后，依次出现老丈、金河、孟河。然后，在第一主角孟河的带领下，金河、公主、老丈出列，向观众致礼。]

（全剧终）

码头

老丈

寒潮

考生

状元

公主

游街

街妇

王法

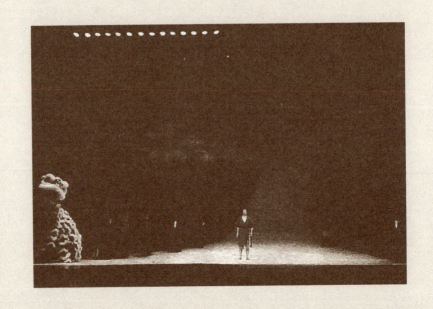

金河

大臣

进士

廷会

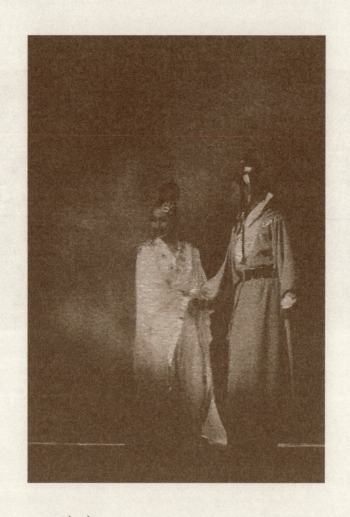

离京

天语

附：余秋雨文化档案

简要索引资料

姓　　名　余秋雨（从未用过笔名、别名）

国　　籍　中国

民　　族　汉族

出 生 地　浙江省余姚县（今慈溪）

出生日期　1946.08.23

主要成就　海内外享有盛誉的文学家、艺术家、史学家、探险家。
建立了"时间意义上的中国、空间意义上的中国、人格意义上的中国、
审美意义上的中国"四大研究方位，出版相关著作五十余部而享誉海内
外。文学写作，拥有当代华文世界最多的读者。

1. 名家评论

余秋雨先生把唐宋八大家所建立的散文尊严又一次唤醒了，他重
铸了唐宋八大家诗化地思索天下的灵魂。他的著作，至今仍是世界各
国华人社区的读书会读得最多的"第一书目"。他创造了中华文化在
当代世界罕见的向心力奇迹，我们应该向他致以最高的敬意。

——白先勇

余秋雨无疑拓展了当今文学的天空，贡献巨大。这样的人才百年
难得，历史将会敬重。

——贾平凹

北京有年轻人为了调侃我，说浙江人不会写文章。就算我不会，
但浙江人里还有鲁迅和余秋雨。

——金庸

中国散文，在朱自清和钱钟书之后，出了余秋雨。

——余光中

余秋雨先生每次到台湾演讲，都在社会上激发起新一波的人文省思。海内外的中国人，都变成了余先生诠释中华文化的读者与听众。

——美国威斯康星大学荣誉教授　高希均

余秋雨先生对中国文化的贡献功不可没。他三次来美国演讲，无论是在联合国的国际舞台，还是在华美人文学会、哥伦比亚大学、哈佛大学、纽约大学或国会图书馆的学术舞台，都为中国了解世界、世界了解中国搭建了新的桥梁。他当之无愧是引领读者泛舟世界文明长河的引路人。

——联合国中文组组长　何勇

秋雨先生的作品，优美、典雅、确切，兼具哲思和文献价值。他对于我这样的读者，正用得上李义山的诗："高松出众木，伴我向天涯。"

——纽约人文学会共同主席　汪班

2. 文化大事记

1946 年 8 月 23 日出生于浙江省余姚县桥头镇（今属慈溪），在家乡读完小学。

1957 年—1963 年，先后就读于上海新会中学、晋元中学、培进中学至高中毕业。其间，曾获上海市作文比赛首奖、上海市数学竞赛大奖。

1963 年考入上海戏剧学院戏剧文学系，但入学后以下乡参加农业劳动为主。

1966 年夏天遇到了一场极端主义的政治运动，家破人亡。父亲余学文先生因被检举有"错误言论"而被关押十年，全家八口人经济来源断绝；唯一能接济的叔叔余志士先生又被造反派迫害致死。1968 年被发配到军垦农场服劳役，每天从天不亮劳动到天全黑，极端艰苦。

1971 年"9·13事件"后，周恩来总理为抢救教育而布置复课、编教材。从农场回上海后被分配到"各校联合教材编写组"，但自己择定的主要任务是冒险潜入外文书库独自编写《世界戏剧学》，对抗当时以"八个革命样板戏"为代表的文化极端主义。

1976 年 1 月，编写教材被批判为"右倾翻案"，又因违反禁令主持周恩来的追悼会而被查缉，便逃到浙江省奉化县大桥镇半山一座封闭的老藏书楼研读中国古代文献，直至此年 10 月那场政治运动结束，下山返回上海。

1977 年—1985 年，投入重建当代文化的学术大潮，陆续出版了《世界戏剧学》、《中国戏剧史》、《观众心理学》、《艺术创造学》、《Some Observations on the Aesthetics of Primitive Chinese Theatre》等一系列学术著作，先后获全国优秀教材一等奖、上海哲学社会科学著作奖、全国戏剧理论著作奖。

1985 年 2 月，由上海各大学的学术前辈联名推荐，在没有担任过副教授的情况下直接晋升为正教授。

1986 年 3 月，因国家文化部在上海戏剧学院举行的三次民意测验中均名列第一，被任命为上海戏剧学院副院长、院长。主持工作一年后，即被文化部教育司表彰为"全国最有现代管理能力的院长"之一。与此同时，又出任上海市咨询策划顾问、上海市写作学会会长、上海市中文专业教授评审组组长兼艺术专业教授评审组组长。被授予"国家级突出贡献专家"、"上海十大高教精英"等荣誉称号。

1989年—1991年，几度婉拒了升任更高职位的征询，并开始向国家文化部递交辞去院长职务的报告。辞职报告先后共递交了二十三次，终于在1991年7月获准辞去一切行政职务，包括多种荣誉职务和挂名职务。辞职后，孤身一人从西北高原开始，系统考察中国文化的重要遗址。当时确定的考察主题是"穿越百年血泪，寻找千年辉煌"。在考察沿途所写的"文化大散文"《文化苦旅》、《山居笔记》等，快速风靡全球华文读书界，由此成为最具影响力的华文作家之一。

1991年5月，发表《风雨天一阁》，在全国开启对历代图书收藏壮举的广泛关注。

1992年2月开始，先后被多所著名大学聘为荣誉教授或兼职教授，例如复旦大学、上海交通大学、同济大学、上海大学、中国科技大学、西安交通大学等。

1993年1月，发表《一个王朝的背影》，首次充分肯定少数民族王朝入主中原的特殊生命力，重新评价康熙皇帝，开启此后多年"清宫戏"的拍摄热潮。

1993年3月，发表《流放者的土地》，首次系统揭示清朝统治集团迫害和流放知识分子的凶残面目，并展现筚路蓝缕的"流放文化"。

1993年7月，发表《苏东坡突围》，刻画了中国文化史上最有吸引力的人格典范，借以表现优秀知识分子所必然面临的一层层来自朝廷和同行的酷烈包围圈，以及"突围"的艰难。此文被海峡两岸暨香港、澳门的报刊广为转载。

1993年9月，发表《千年庭院》，颂扬了中国古代最优秀的教学方式——书院文化，发表后在全国教育界产生不小影响。

1993 年 11 月，发表《抱愧山西》，首次系统描述并论证了中国古代最成功的商业奇迹——晋商文化，为当时正在崛起的经济热潮寻得了一个古代范本。此文发表后读者无数，传播广远。

1994 年 3 月，发表《天涯故事》，首次梳理了沉埋已久的海南岛文化简史，并把海南岛文化归纳为"生态文明"和"家园文明"，主张以吸引旅游为其发展前景。

1994 年 5 月—7 月，发表长篇作品《十万进士》（上、下），首次完整地清理了千年科举制度对中国文化的正面意义和负面影响。

1994 年 9 月，发表《遥远的绝响》，描述魏晋名士对中国文化的震撼性记忆。由于文章格调高尚凄美，一时轰动文坛。

1994 年 11 月，发表《历史的暗角》，首次系统列述了"小人"在中国文化中的隐形破坏作用，以及古今君子对这个庞大群体的无奈。发表后在海峡两岸暨香港、澳门引起巨大反响，被公认为"研究中国负面人格的开山之作"。

1995 年 4 月，应邀为四川都江堰题写自拟的对联"拜水都江堰，问道青城山"，镌刻于该地两处。

1996 年 7 月，多家媒体经调查共同确认余秋雨为"全国被盗版最严重的写作人"，由此被邀请成为"北京反盗版联盟"的唯一个人会员，并被聘为"全国扫黄打非督导员（督察证为 B027 号）"。

1998 年 6 月，新加坡召集规模盛大的"跨世纪文化对话"而震动全球华文世界。对话主角是四个华人学者，除首席余秋雨教授外，还有哈佛大学的杜维明教授、威斯康星大学的高希均教授和新加坡艺术家陈瑞献先生。余秋雨的演讲题目是《第四座桥》。

1999 年 2 月，为妻子马兰创作的剧本《秋千架》隆重上演，极为轰动，打破了北京长安大戏院的票房纪录。在台湾地区演出更是风靡一时，场场爆满。

1999 年开始，引领和主持香港凤凰卫视对人类各大文明遗址的历史性考察，成为目前世界上唯一贴地穿越数万公里危险地区的人文教授，也是"9·11"事件之前最早向文明世界报告恐怖主义控制地区实际状况的学者。由此被日本《朝日新闻》选为"跨世纪十大国际人物"。

2002 年 4 月，应邀为李白逝世地撰写《采石矶碑》（含书法），镌刻于安徽马鞍山三台阁。

从 2000 年开始，由于环球考察在海内外所造成的巨大影响，国内一些媒体为了追求"逆反刺激"的市场效应而发起诽谤。先由北京大学一个学生误信了一个上海极左派文人的传言进行颠倒批判，即把当年冒险潜入外文书库独自编写《世界戏剧学》的勇敢行动诬陷为"文革写作"，并误植了笔名"石一歌"。由此，形成十余年的诽谤大潮，并随之出现了一批"啃余族"。余秋雨先生对所有的诽谤没有做任何反驳和回击，他说："马行千里，不洗尘沙。"

2003 年 7 月，由于多年来在中央电视台的文化栏目中主持"综合文史素质测试"而成为全国观众的关注热点，上海一个当年的造反派代表人物就趁势做逆反文章，声称《文化苦旅》中有很多"文史差错"，全国上百家报刊转载。10 月 19 日，我国当代著名文史权威章培恒教授发文指出，经他审读，那个人的文章完全是"攻击"和"诬陷"，而那个人自己的"文史知识"连一个高中生也不如。

2004 年 2 月，由于有关"石一歌"的诽谤浪潮已经延续四年仍未有消停迹象，余秋雨就采取了"悬赏"的办法。宣布"只要证明本人曾用这个笔名写过一篇、一段、一节、一行、一句这种文章，立即支付自己的全年薪金"，还公布了执行律师的姓名。十二年后，余秋雨宣布悬赏期结束，以一篇《"石一歌"事件》作出总结。

2004 年 3 月，参加联合国开发计划署《人类发展报告》的设计、研讨和审核。

2004 年年底，被联合国教科文组织、北京大学、《中华英才》杂志等单位选为"中国十大文化精英"、"中国文化传播坐标人物"。

2005 年 4 月，应邀赴美国巡回演讲：

1. 4 月 9 日讲《中国文化的困境和出路》（在纽约市立大学亨特学院）；

2. 4 月 10 日讲《中国知识分子的问题所在》（在北美华文作家协会）；

3. 4 月 12 日上午讲《空间意义上的中华文化》（在马里兰大学）；

4. 4 月 12 日下午讲《君子的脚步》（在华盛顿国会图书馆）；

5. 4 月 13 日讲《时间意义上的中华文化》（在耶鲁大学）；

6. 4 月 15 日讲《中国文化所追求的集体人格》（在哈佛大学）；

7. 4 月 17 日讲《中华文化的三大优势和四大泥潭》（在休斯敦美南华文写作协会）。

2005 年 7 月 20 日，在联合国"世界文化大会"上发表主旨演讲《利玛窦的结论》，论述中国文明自古以来的非侵略本性，引起极大轰动。演说的论据，后来一再被各国政界、学界引用。收入书籍时，标题改为《中华文化的非侵略本性》。

2005 年 11 月，应邀撰写《法门寺碑》（含书法），镌刻于陕西法门寺大雄宝殿前的影壁。

2006 年 4 月，应邀撰写《炎帝之碑》（含书法），镌刻于湖南株洲炎帝陵纪念塔。

2005 年—2008 年，被香港浸会大学聘请为"健全人格教育奠基教授"，每年在香港工作时间不少于半年。

2006 年，在香港凤凰卫视开办日播栏目《秋雨时分》，以一整年时间畅谈中华文化的优势和弱势，播出后在海内外产生广泛影响。

2007 年 1 月，发表《问卜中华》，详尽叙述了甲骨文的出土在中国文明濒临湮灭的二十世纪初年所带来的神奇力量，同时论述了商代的历史面貌。

2007 年 3 月，发表《古道西风》，系统叙述了中华文化的两大始祖老子和孔子的精神风采。

2007 年 5 月，发表《稷下学宫》，对比古希腊的雅典学院，将两千年前东西方两大学术中心进行平行比照。

2007 年 7 月，发表《黑色的光亮》，以充满感情的笔触表现了平民思想家墨子的人格光辉。

2007 年 8 月，应邀为七十年前解救大批犹太难民的中国外交官何凤山博士撰写碑文（含书法），镌刻于湖南益阳何凤山纪念墓地。

2007 年 9 月，发表《诗人是什么》，论述"中国第一诗人"屈原为华夏文明注入的诗化魂魄，分析了他获得全民每年纪念的原因，并解释了一些历史误会。

2007 年 11 月，发表《历史的母本》，以最高坐标评价了司马迁为整个中华民族带来的历史理性和历史品格。

2008 年 5 月 12 日，中国发生"汶川大地震"，第一时间赶到灾区参加救援。见到遇难学生留在废墟间的破残课本，决定以夫妻两人三年薪水的总和默默捐建三个学生图书馆，却被人在网络上炒作成"诈捐"，在全国范围喧闹了两个月之久。后由灾区教育局一再说明捐建实情，又由王蒙、冯骥才、张贤亮、贾平凹、刘诗昆、白先勇、余光中等名家纷纷为三个学生图书馆题词，风波才得以平息。

2008 年 9 月，上海市教育委员会颁授成立"余秋雨大师工作室"。上海市静安区政府决定为"余秋雨大师工作室"赠建办公小楼。

2008 年 12 月，为妻子马兰创作的中国音乐剧《长河》在上海大剧院隆重上演，受到海内外艺术精英的极高评价。

2009 年 5 月，应邀为山西大同云冈石窟题词"中国由此迈向大唐"，镌刻于石窟西端。

2010 年 1 月，《扬子晚报》在全国青少年读者中做问卷调查"你最喜爱的中国当代作家"，余秋雨名列第一。"冠军奖座"是钱为教授雕塑的余秋雨铜像。

2010 年 3 月 27 日，获澳门科技大学所颁"荣誉文学博士"称号。同时获颁荣誉博士称号的有袁隆平、钟南山、欧阳自远、孙家栋等著名专家。

2010 年 4 月 30 日，接受澳门科技大学任命，出任该校人文艺术学院院长。宣布在任期间每年年薪五十万港元全数捐献，作为设计专业和传播专业研究生的奖学金。

2010 年 5 月 21 日，联合国发布自成立以来第一份以文化为主题的"世界报告"，发布仪式的主要环节，是联合国教科文组织总干事博科娃女士与余秋雨先生进行一场对话。余秋雨发言的标题为《驳"文明冲突论"》。

2012 年 1 月—9 月，最终完成以莱辛式的"极品解析"方法来论述中国美学的著作《极品美学》。

2012 年 10 月 12 日，中国艺术研究院成立"秋雨书院"。北京众多著名学者、企业家出席成立大会，并热情致辞。该书院是一个培养博士生的高层教学机构，现培养两个专业的博士研究生：一、中国文化史专业；二、中国艺术史专业。

2013 年 10 月 18 日下午，再度应邀赴美国纽约联合国总部大厦演讲《中华文化为何长寿》。当天联合国网站将此演讲列为国际第一要闻。

2013 年 10 月 20 日，在纽约大学演讲《中国文脉简述》。

2013 年 12 月，完成庄子《逍遥游》的巨幅行草书写，并将《逍遥游》译成可诵可吟的现代散文。

2014 年 1 月，完成屈原《离骚》的巨幅行书书写，并将《离骚》译成可诵可吟的现代散文。

2014 年 1 月 31 日，完成《祭笔》。此文概括了作者自己握笔写作的艰辛历程。

2014 年 3 月，发表以现代思维解析《般若波罗蜜多心经》的文章《解经修行》，并由此开始写作《修行三阶》、《〈金刚经〉简释》、《〈坛经〉简释》。

2014 年 4 月，《余秋雨学术六卷》出版发行。

2014 年 5 月，古典象征主义小说《冰河》（含剧本）出版发行。

2014 年 8 月，系统论述中华文化人格范型的《君子之道》出版发行，立即受到海峡两岸读书界的热烈欢迎。

2014 年 10 月，《秋雨合集》二十二卷出版发行。

2014 年 10 月 28 日，出任上海图书馆理事长。

2015 年 3 月，再度应邀在海峡对岸各大城市进行"环岛巡回演讲"，自台北市、新北市、台中市到高雄市。双目失明的星云大师闻讯后从澳大利亚赶回，亲率僧侣团队到高雄车站长时间等待和迎接。这是余秋雨自 1991 年后第四次大规模的环岛演讲。本次演讲的主题是"中华文化和君子之道"。

2015 年 4 月，悬疑推理小说《空岛》和人生哲理小说《信客》

出版。

2015 年 9 月，应邀为佛教胜地普陀山书写《心经》，镌刻于该岛回澜亭。

2016 年 3 月，应邀为佛教圣地宝华山书写《心经》，镌刻于该山平台。

2016 年 7 月，中华书局出版《中华文化读本》七卷，均选自余秋雨著作。

2016 年 11 月，被选为世界余氏宗亲会名誉会长。

2017 年 5 月 25 日—6 月 5 日，中国美术馆举办"余秋雨翰墨展"（中国艺术研究院主办），参观者人山人海，成为中国美术馆建馆半个多世纪以来最为轰动的展出之一。中国文联主席兼中国作协主席铁凝说："这个展览气势恢宏，彰显了秋雨先生令人慨叹的文化成就，使我对先生的为人和为文有了新的感受。"中国书法家协会原主席张海说："即使秋雨先生没有写过那么多著作，光看书法，也是真正专业的大书法家。"国务院参事室主任王仲伟说："余先生的书法作品，应该纳入国家收藏。"据统计，世界各地通过网络共享这次翰墨展的华侨人数，超过千万。

2017 年 9 月，记忆文学集《门孔》出版发行。此书被评为《中国文脉》的当代续篇，其中有的文章已成为近年来网上最轰动的篇目。作者以自己的亲身交往描写了巴金、黄佐临、谢晋、章培恒、陆谷孙、星云大师、饶宗颐、金庸、林怀民、白先勇、余光中等一代文化巨匠，同时也写了自己与妻子马兰的情感历程。作者对《门孔》这一书名的阐释是："守护门庭，窥探神圣。"

2017 年 12 月，《境外演讲》出版发行。此书收集了作者在联合国的三次演讲，又汇集了在美国各地和我国港澳地区巡回演讲和电视讲座的部分记录，被专家学者评为"打开中华文化之门的钥匙"。

2018 年全年，应喜马拉雅网上授课平台之邀，把中国艺术研究院"秋雨书院"的博士课程向全社会开放，播出《中国文化必修课》。截至 2019 年 10 月，收听人次已经超过六千万。

2019 年—2020 年，在全民防疫期间，闭户静心，总结以往研究成果，完成了《老子通释》、《周易简释》、《佛典译释》、《文典译写》、《山川翰墨》这五大古典工程的全部文本及书法。

3. 配偶情况

妻子马兰，一代黄梅戏表演艺术家，是迄今国内囊括舞台剧、电视剧全部最高奖项的唯一人；荣获美国林肯艺术中心、纽约市文化局、美华协会联合颁发的"亚洲最佳艺术家终身成就奖"。她是这一重大奖项的最年轻获奖者。马兰的主要舞台剧演出，大多由余秋雨亲自编剧。十五年前，马兰被不明原因地"冷冻"，失去工作。夫妻俩目前主要居住在上海。

2013 年 4 月 24 日，上海一个"啃余族"在网络上编造《马兰离婚声明》，又一次轰传全国。马兰第二天就公开宣布："若有下辈子，还会嫁给他"。

4. 创作特色

从大陆和台湾三篇专业评论中摘录——

第一，余秋雨先生在写作散文之前，就已经是一位学贯中西、著作等身的大学者。一切能够用学术方式表达清楚的各种观念，他早已在几百万言的学术著作中说清楚。因此，他写散文，是要呈现一种学术著作无法呈现的另类基调，那就是白先勇先生赞扬他的那句话：

"诗化地思索天下。"他笔下的"诗化"灵魂，是"给一系列宏大的精神悖论提供感性仪式"。

第二，余秋雨先生写作散文前已经有过深切的人生体验。他出生在文化蕴藏深厚的乡村，经历过十年浩劫的家破人亡，又在灾难之后被推举为厅局级高等院校校长，还感受过辞职前后的苍茫心境，更是走遍了中国和世界。把这一切加在一起，他就接通了深厚的地气，深知中国的穴位何在，中国人的魂魄何在。因此，他所选的写作题目，总能在第一时间震动千万读者的内心。即使讲历史、讲学问，也没有任何心理隔阂。这与一般的"名士散文"、"沙龙散文"、"小资散文"、"文艺散文"、"公知散文"、"愤青散文"有极大的区别。

第三，余秋雨先生在小说、戏剧方面的创作，皈依的是欧洲二十世纪最有成就的"通俗象征主义"美学。诚如他在《冰河》的"自序"中所说："为生命哲学披上通俗情节的外衣；为重构历史设计貌似历史的游戏。"更大胆的是，《空岛》的表层是历史纪实和悬疑推理，而内层却是"意义的彼岸"。这种"通俗象征主义"表现了高超的创作智慧，成功地把深刻的哲理融化在人人都能接受的生动故事之中。

5. 获奖记录

说明： 平生获奖无数，除了大家都知道的鲁迅文学奖和诸多散文一等奖、特等奖、文化贡献奖、超级畅销奖外，还有一些比较安静的奖项，例如——

1984 年全国戏剧理论著作奖；

1986 年上海哲学社会科学著作奖；

1991 年上海优秀文学艺术奖；

1992 年中国出版奖；

1993 年全国优秀教材一等奖；

1995 年金石堂最有影响力书奖；

1997 年台湾读书人最佳书奖；

1998 年北京《中关村》"最受尊敬的知识分子"奖；

2001 年香港电台最受听众推荐奖；

2002 年台湾白金作家奖；

2002 年马来西亚最受欢迎华语作家奖；

2006 年全球数据测评系统推荐影响百年百位华人奖；

2010 年台湾桂冠文学家奖（设立至今几十年只评出过五位）；

2014 年全国美术书籍金牛杯金奖（书法集）；

……

6. 主要著作

《文化苦旅》

《千年一叹》

《行者无疆》

《门孔》

《冰河》

《空岛》

《余之诗》

《借我一生》

《中国文脉》

《君子之道》

《修行三阶》

《老子通释》

《周易简释》

《佛典译释》

《极品美学》

《境外演讲》

《台湾论学》

《北大授课》

《暮天归思》

《雨夜短文》

《文典译写》

《山川翰墨》

《世界戏剧学》

《中国戏剧史》

《艺术创造学》

《观众心理学》

（此外，还出版过大量书籍，均在海内外获得畅销。例如：《山居笔记》、《文明的碎片》、《霜冷长河》、《何谓文化》、《寻觅中华》、《摩挲大地》、《晨雨初听》、《笛声何处》、《掩卷沉思》、《欧洲之旅》、《亚非之旅》、《心中之旅》、《人生风景》、《倾听秋雨》、《中华文化·从北大到台大》、《古圣》、《大唐》、《诗人》、《郁闷》、《秋雨翰墨》、《新文化苦旅》、《中华文化四十八堂课》、《南冥秋水》、《千年文化》、《回望两河》、《舞台哲理》、《游走废墟》等等。）

（周行、刘超英整理，经余秋雨大师工作室校核。）

图书在版编目（CIP）数据

冰河 / 余秋雨著. -- 北京：作家出版社，2022.1
（余秋雨文学十卷）（2023.1 重印）
ISBN 978-7-5063-9295-2

Ⅰ. ①冰… Ⅱ. ①余… Ⅲ. ①散文集 – 中国 – 当代
Ⅳ. ①I267

中国版本图书馆CIP数据核字（2017）第004041号

余秋雨文学十卷·冰河

作　　者：余秋雨
责任编辑：王淑丽
封面设计：张晓光
版式设计：张晓光
责任校对：牛增环
出版发行：作家出版社有限公司
社　　址：北京农展馆南里10号　　邮　　编：100125
电话传真：86-10-65067186（发行中心及邮购部）
　　　　　86-10-65004079（总编室）
E-mail:zuojia@zuojia.net.cn
http://www.zuojiachubanshe.com
印　　刷：北京中科印刷有限公司
成品尺寸：152×230
字　　数：180千字
印　　张：16
印　　数：5001-8000
版　　次：2022年1月第1版
印　　次：2023年1月第2次印刷
ISBN 978-7-5063-9295-2
定　　价：58.00元（精）